D1756905

ÇA T'APPRENDRA À VIVRE

ISBN 978-2-330-00642-6

JEANNE BENAMEUR

ÇA T'APPRENDRA
À VIVRE

roman

BABEL

A Italia et Saddok,
aux miens.

L'attaque

Dans le silence, j'entends ma propre respiration comme si c'était celle de quelqu'un d'autre.

Je suis accroupie contre un lit.

Mes deux sœurs sont ensemble dans un coin de la petite chambre. On nous a dit de ne pas bouger.

Il ne faut pas qu'on sache qu'on est là.

Là, c'est notre maison. C'est la prison. Puisque mon père la dirige, on en fait partie. Là, c'est une petite ville en Algérie, à l'est des Aurès.

Un matelas contre la fenêtre. La porte est fermée à clef, barricadée.

Où est ma mère ?

Les hommes sont en bas. Ils attendent. Les hommes, c'est mon père, les gardiens de la prison – les quatre Français, les quatre adjoints arabes –, quelques prisonniers qu'on a pris le risque d'armer, six légionnaires et mon frère. Lui aussi a une carabine. Il est en bas. C'est le fils. Ce n'est pas "une poule mouillée". Il n'a que quatorze ans.

"Ordre de ne tirer qu'à la première blessure."
C'est la voix de mon père. L'ordre est répété par
d'autres voix, relayé.

Nous sommes en 1958.

Je fixe les lattes du parquet. C'est pas droit, les
lignes qui les séparent. Rien dans quoi me blottir.

Des paroles en bas qui claquent, en français, en
arabe. Des bruits secs. Les crosses des fusils contre
les grandes dalles noires et blanches du hall.

J'ai vu les fusils tout à l'heure. J'ai vu les car-
touches.

J'ai vu un légionnaire caresser notre chien, un
berger allemand qui peut égorger un chameau, qui
l'a fait. Moi, je lui monte dessus. Il a le poil rêche et
plus doux au ventre. C'est mon chien et je l'aime.

Maintenant il est en bas. C'est un chien d'attaque.

Le commandant de la Légion a envoyé six
hommes en renfort pour nous protéger. Des durs.
Il nous aime bien. Ma mère a les yeux si bleus !
C'est son côté porcelaine, Italie du Nord.

Pour tant de gens, c'est impardonnable ! Une
belle blonde comme ça, épouser un Arabe !

Comment faire ?

Aujourd'hui mon père a dit non. Il a osé. C'est
son caractère. Il a dit non à ceux qui deviendront
plus tard l'OAS. Non à la corvée de bois. C'était si
simple d'embarquer quelques détenus arabes dans

un camion, de les faire descendre à quelques kilo-
mètres de la ville, de leur tirer dans le dos… "Ils
ont cherché à s'évader, chef !"

Voilà, il a dit non, plus de corvée de bois, fini,
et ils sont repartis, la rage crispant les doigts sur
les armes. Sale Arabe !

L'après-midi au bar, ils ont bu. Des légionnaires
ont entendu les menaces. "On va lui faire la peau,
à l'Arabe, ce soir. On va retourner les chercher, les
bicots, nous !"

Quel est celui, parmi les légionnaires, qui nous
a sauvé la vie en livrant l'information au commandant, "Ils vont tout massacrer à la prison" ?
On ne le saura jamais.

Moi, j'ai cinq ans.

Depuis six heures du soir, ici, c'est une forte-
resse.

On n'a pas mangé tous ensemble comme d'habitude autour de la grande table. Maman a apporté
de la nourriture en bas, et nous, je ne sais plus
comment on a dîné. Pas autour de notre table,
c'est sûr. Pas sur les grandes chaises à haut dossier
rouge ; la mienne que j'installe de biais, formant
un certain angle avec la table, un peu maniaque.

On est caché.

J'ai une petite culotte blanche. Je la vois entre
mes jambes quand je me penche. Et puis le parquet.
Les fentes entre les lattes.

Je rentre dans le bois. Je ne veux pas entendre.

A un moment ça crie. "On ne tire pas ! On ne tire pas !" C'est la voix de papa. Qui veut tirer ?

Et puis "Attention !".

Ça hurle. Je ne veux plus rien entendre. Rien. J'entends étouffé. Je suis du bois tout resserré. Je suis du bois. Je n'ai plus de jambes plus de pieds. Je suis quelque chose de dur et de léger dans l'air. Plus de poids. Je n'existe pas.

Personne ne m'a retenue.

Maintenant j'entends tout mais ça n'a plus d'importance. Je peux tout entendre. Rien ne m'atteint plus.

Mort, c'est plus que ça ?

Il n'y a plus de moi. Je suis juste un être qui ne fait plus partie de rien. Déliée. On ne peut plus rien me faire. Je ne sais pas où est ma mère.

Ils tirent.

Faut pas bouger. Faut pas crier. Est-ce que je respire ?

Je ne suis pas là. Je ne suis pas là.

Des bruits de course en bas, des martèlements, une voix en allemand qui crie comme on insulte. C'est un des légionnaires.

Ils ne s'aiment pas, les légionnaires et les bérets noirs. Ils se tirent dessus parfois la nuit. On voit les balles traçantes dans le ciel : de la caserne des uns au cantonnement des autres et retour.

Nous, on est entre. Nous, on est toujours entre, on ne sait pas pourquoi. C'est comme ça.

On regarde les balles par la fenêtre. C'est beau. Maintenant de plus en plus souvent, on voit aussi des fusées éclairantes dans les montagnes autour de notre ville.

"C'est le djebel", dit ma mère. Elle aime regarder avec nous par la fenêtre. Mon père hurle "Tu es folle ! C'est dangereux !" Elle hausse les épaules.

Cette nuit, c'est chez nous le danger.

Ils sont en bas.

Quand ils marchent dans la ville, si un chien croise leur chemin, ils l'abattent. Au marché, ils ont fait pareil.

Trois femmes. Deux enfants. Un homme.

Comme ça ! Il paraît qu'une des femmes avait ri. Comme si les femmes d'ici riaient.

Pas le droit de toucher aux cadavres. Pour l'exemple. Que personne n'y touche. Il faut laisser pourrir. Beaucoup plus tard j'ai lu *Antigone*.

Cette nuit, ils ont décidé que c'était notre tour.

Combien de temps cela a-t-il duré ?

Et puis le son de paroles qui s'échangent. Plus de peur que de mal. Ils étaient saouls. Un baroud d'honneur. On a échappé.

Je suis en haut des marches.

En bas, alignés contre le mur, des hommes, leurs armes à terre. C'est mon père qui ramasse les armes.

Dans la grande porte d'en bas, il y a des dagues enfoncées.

Ma mère est près de moi. Toute la nuit, elle a veillé, cachée près de la petite chambre sur le palier, un revolver à la main. Elle aurait tiré.

Elle ne dit rien, elle tient ma main.

Ce jour-là, mon père a décidé d'aller porter plainte au cantonnement. On lui a dit :

"Vous avez rêvé."

Dans la porte, il restera toujours les traces des dagues.

C'est quoi rêver ?

Moi, j'ai appris à mourir.

Les promenades de la grande

Ces promenades, je les haïssais toutes.
Le seul mot de "promenade" provoqua longtemps chez moi une immobilité obstinée.

Tu mettais ta veste en *ourson*, épaisseur opaque
entre le monde et ton corps parfait.
Tes cheveux blonds et frisés.
Tes yeux "irisés", disait notre mère, changeants.
Tu étais belle, ma sœur aînée.

J'étais petite, quatre ans, cinq. Je n'aimais déjà
pas ta main fine et fausse ; cette main qui lâcherait
la mienne dès le coin de notre maison, pour ne la
reprendre qu'au retour, tableau *face* des mêmes,
la grande et les deux petites, offert au regard possible du père guetteur.
Lui, je n'oserais plus l'embrasser.
De honte de toi.
Tu l'embrasserais pour deux, pour quatre, pour
mille. Les mille et une nuits que tu t'offrais, en
plein jour, un bon alibi à chaque bras. "Les petites

ont besoin d'air !" Notre père n'y résistait pas. Pour notre bonne mine, il aurait donné la sienne.

Et tu te retrouvais ainsi dans le rôle de la bonne grande sœur, pourvue des deux petites, ma sœur A. et moi. Libre donc de tout. Nous ne comptions pas.

Toi, tu avais un amoureux et rien d'autre n'avait d'importance.

Le regard bleu pâle de notre mère, à la fenêtre, te suivait. Avide des plaisirs qu'elle imaginait déjà ? Soucieuse ? Il suffirait que le silence soit respecté. Elle consentait aux écarts amoureux de sa fille, le visage impassible.

Dans la rue, je regardais ailleurs.

Chacune de nous trois regardait ailleurs, comme sur cette photographie qui nous révèle, assises dans un parterre de fleurs. Notre mère au centre. Nous, en rond autour d'elle ; le regard de chacune évitant celui des autres ; notre mère seule, défiant l'objectif, le sourire aux lèvres minces bien lancé au photographe, quasi fière de sa couvée.

Sur le chemin changeant qui allait, derrière les remparts de la vieille ville, j'apprenais tôt à reconnaître les signes qui indiquaient notre destination.

Tu t'arrêtais à la boulangerie de Mme P. dont on racontait qu'elle et notre père…

Le sourire fardé de la boulangère. Les chocolats que tu nous fourrais dans les mains.

Je savais. Nous allions à la caserne. C'était ce que je redoutais le plus.

Nous franchissions la lourde porte de bois.
Le sourire des hommes.
Je me serrais contre ta jupe hostile, soucieuse de ses plis.
Je ne regardais plus que la terre sèche, les petits cailloux, mes souliers aux lacets trop serrés, poussiéreux. J'avais mal aux pieds. Ma mère serrait toujours trop fort quand c'était elle qui faisait les lacets. "Ça durera toute la journée, allez roule !" J'avais envie de rentrer.
Puis

je n'aurais pas entendu les quelques
plaisanteries d'usage échangées
j'aurais perdu ta voix
j'aurais été une enfant abandonnée
qu'on aurait trouvée
Elle (une femme brune) : *Voyons… que*
fais-tu là, petite ?
Moi : *J'attends, madame.*
Elle : *Mais… depuis combien de temps ?*
Moi : *Je ne sais pas, madame.*
Elle (très émue) : *Que s'est-il passé ?*
Moi : *On m'a oubliée.*
Elle : *La pauvre petite ! Viens mon enfant.*
J'aurais été sauvée.

Dans la longue pièce étroite où vous êtes installés, vous faites du bruit.

Je ne peux pas empêcher mes oreilles d'entendre.

Je fixe la porte. Elle est restée entrouverte.

Du blanc sur le mur.

Je tourne le dos aux lits. Cela s'appelle une chambrée. Pour la bonne cause, les amours de leur copain, les autres légionnaires font en sorte qu'elle soit vide.

J'ai peur.

Accroupie, j'essaie d'ouvrir le mince filet doré qui retient les pièces en chocolat. J'ai du mal.

Je hais déjà pour des années le chocolat empaqueté et le bruit du papier que je froisse fort pour ne plus vous entendre, toi et lui : ce gros corps militaire roulant et trébuchant et roulant encore sur le lit trop étroit qui grince, sur ton corps parfait qui disparaît, couvertures grises rejetées.

Avec ma sœur A. nous ne parlons pas, nous grignotons comme de vieilles édentées sur le pas de leur porte.

Tu achètes notre silence avec des pièces en chocolat.

En sortant de la caserne, ma sœur A. chantonne sur deux syllabes le prénom et le nom de ton amoureux.

Tu la ramènes au silence d'un geste excédé.

Dans le vaste hall à damier noir et blanc, je craignais de rencontrer notre père, au retour, qu'il lise sur notre visage.

Toi, tu semblais légère et oublieuse de tout.

Le soir, notre mère et toi, vous chuchotiez. Vous riiez en vous passant de la crème parfumée sur le visage et les mains.

Je luttais alors de toutes mes forces pour obtenir de maman un regard, un vrai regard sur moi qui effacerait tout avant que je dorme.

Comme chaque fois, ça vous faisait rire encore plus. J'insistais : "Un vrai bonne nuit, sans rire."

Tout le monde riait, ma sœur A. aussi.

Quelquefois alors, je riais moi-même.

Ma mère pleure

Ce matin-là, elle n'en peut plus. Elle pleure. Elle pleure. Plus rien ne peut arrêter ses larmes.

Mon père a le regard fermé, le visage loin.

Il a posé la main sur son épaule.

"Ne pleure pas, ma fille, va !" C'est son mot de tendresse pour elle, "ma fille". Mais rien, rien n'arrête ses larmes. Elle dit des mots qu'on ne comprend pas, et puis plus rien.

Elle a toujours sa grande cafetière à la main.

Depuis l'attaque de la maison par les bérets noirs, on ne vit plus pareil dans la maison. On ne va plus au marché faire les courses avec les paniers et Fatma qui nous accompagne. Nous, du coup, on n'a plus le droit aux glaces du petit marchand et il ne faut plus sortir seuls, sans un gardien. Mes deux sœurs et mon frère partent à l'école sous escorte. Moi, je n'y vais pas encore.

Maman se fait monter les provisions par un panier accroché à une corde qu'on tire jusqu'au premier.

Elle met la liste et le porte-monnaie dedans avec l'argent pour Zaoui, l'épicier. Il me faisait peur avec sa grande barbe, il me faisait peur mais maintenant je ne le vois plus jamais. On ne voit plus personne. On tourne en rond dans la maison.

Mon frère me fabrique des tentes d'Indien avec des serviettes éponge sur le chemin de ronde. On joue à faire le guet.

Il y a souvent un légionnaire qui vient à la maison, pour habituer notre chien à sa présence. Pourquoi ?

Et depuis quelque temps il y a des gardes arabes tout autour de la prison, ceux qu'on appelle les harkis.

Mon père m'emmène chaque soir leur souhaiter la bonne nuit avec lui. Je n'aime pas ça. Je sens la peur, diffuse. Je regarde les pieds des hommes, les armes. Mon père leur sourit. Je connais ce sourire. Ce n'est pas un vrai. C'est un sourire qui teste celui qui est en face. Il poursuit sa route, ma main dans la sienne.

Il n'est pas sûr que parmi les harkis ne s'infiltrent pas les hommes du FLN. C'est notre lot. Nous sommes détestés des deux côtés parce que nous n'appartenons complètement à aucun.

Est-ce que nous serons toujours des *à moitié*, des *demi* ?

Quand serons-nous entiers ?

Tous les matins, ma mère prépare une grande cafetière bouillante. Elle dit "pour les petits", c'est comme ça qu'elle conjure la peur, c'est comme ça qu'elle appelle ces hommes qui nous gardent d'autres attaques en bas.

Tous les matins, c'est mon père qui descend le premier leur apporter le café avant qu'ils ne partent. Encore une nuit de gagnée.

Ce matin, il est remonté en courant et il est allé vomir. On n'avait jamais vu ça. Il a dit à maman :

"Ils ont plus besoin de café."

Autour de notre maison c'est monstrueux. Ils ont tous la gorge tranchée. TOUS.

Et personne n'a rien entendu. Rien. Ils sont tous morts. Ceux dont j'avais peur ont été tués par d'autres, des hommes silencieux qui descendent des montagnes et qui ne savent pas tout. Pour eux, nous sommes des Français qu'on ne doit pas aider. Pour les bérets noirs, nous sommes des Arabes qu'on ne doit pas tolérer.

Ma mère est là, dans sa cuisine, sa cafetière sur les genoux. Mon père ne dit plus rien. On n'entend plus rien que des sanglots.

Les maisons des Français

Ce n'est ni du sable ni de la terre là où on joue.
C'est rougeâtre un peu marron. Plus tard j'appren-
drai le nom : on dit "ocre" et ça fait racler quelque
chose au fond du palais.

En attendant on se salit et ma mère n'aime pas
ça. Tant pis.

Accroupies, ma sœur A. et moi, on se voit les
culottes. Les petites Arabes ont des robes plus
longues que les nôtres. On ne voit rien.

Dans la terre avec un morceau de bois fin, on
trace. On dessine sa maison, celle qu'on voudrait
plus tard. Après on jouera à raconter qu'on y fait
des choses. On ira de la cuisine au salon en faisant
parler les gens qui y habitent.

On anime des espaces de terre.

Les petites Arabes veulent des maisons de
Français. Alors nous aussi on dit qu'on veut des
maisons de Français. Mais on est françaises, nous,
non ? Oh, je ne sais plus ce qu'on est, tiens ! Je
sais juste qu'on n'est pas des petites Arabes : pas

habillées pareil, pas coiffées pareil. Mais notre père, il est arabe pourtant.

J'ai toujours du mal à dessiner ma maison. Je jette des coups d'œil sur celle de ma sœur.

Elle est parfaite. C'est une maison bien ordonnée : espace chambre, espace W.-C., etc., dans sa maison, il y a des couloirs pour desservir les pièces, c'est bien pensé. Il y a des fenêtres avec des volets, même un balcon et une terrasse, et puis le parc.

La mienne ne tient pas debout. Elle est riquiqui. C'est moche. Je n'ai pas envie de l'habiter. Je guigne la belle demeure de ma sœur A. Je voudrais bien qu'elle me la donne.

Au bout d'un moment, elle me la donnera, d'un air royal. Elle est plus âgée que moi, elle sait mieux faire, il y a tant de choses qu'elle sait et que je ne sais pas, les choses qui font parler bas et rire, les choses entre ma mère, notre sœur aînée et puis elle, ma sœur A., qui se colle au duo. Moi pas.

Une fois que j'aurai sa maison, je jouerai un peu.

Mais elle se mettra à en faire une autre, avec le même soin. Et je la trouverai vraiment bien, la nouvelle, mieux que la mienne. Alors même le balcon et la terrasse, je n'en aurai plus envie.

Et de nouveau je ne saurai plus où habiter.

La couleur du départ

Le départ, c'est une sale couleur de pisse froide.

Et c'est pas la peine de déguiser ça, les parents, en joie de grandes vacances !

On sait bien que ce n'est pas vrai.

On sait bien comment on a rempli des malles avec des airs soucieux. Comment faire rentrer le maximum dans le minimum ? Qu'est-ce qu'il va falloir laisser, encore, pour pouvoir la fermer, cette cantine ? Oh maman, ton regard qui va d'un objet à un autre. Tu ne sais pas choisir. Tu n'as jamais su. Comment apprendre dans une telle pagaïe ?

On a retourné notre maison comme un lapin.

On m'a retourné la peau.

La couleur est là. Elle me nargue sur des murs d'immeubles que je ne connais pas.

Nous sommes dans un port. Je le déteste pour longtemps.

Un bateau nous attend. Nous ne sommes qu'une famille parmi d'autres. Mais nous, nous sommes bizarres. Il y a trop de mélange. Tes yeux bleu pâle, maman, tes cheveux blonds blonds et ta peau si brune, papa, tes yeux opaques, noirs. Et nous ! Nous quatre tout mélange ! Nous qui sommes là à traîner les pieds, sur un quai.

Le grand et la grande sont partis discuter dans un coin. La grande a été obligée de laisser son amoureux dans sa caserne. Elle a le visage si pâle qu'on dirait qu'elle est malade.

Ma sœur A. est restée auprès de toi, maman, collée à toi comme d'habitude. Tu es assise près des malles. Tu veilles. Ton regard, pour ne pas partir loin loin, là-bas où on n'est plus, s'accroche aux objets. Tu sais bien faire ça. A te voir, on pourrait croire qu'il n'y a qu'une casserole ou un manteau qui t'occupent toute la tête. Tu mets ta main sur l'épaule de ta fille maigre, celle qui a une drôle de santé fragile. Tu dis aux deux grands de ne pas s'éloigner.

On a dû changer de port de départ au dernier moment. Il y avait du danger pour nous. Encore.

La couleur, c'est du bleu sale. Un bleu mêlé de verdâtre.

Moi, je marche avec mon père.

Je garde les yeux à terre. Je ne veux pas que le bleu sale me rentre dedans.

Mon père, tu parles avec un homme qui est venu nous accompagner jusqu'ici. C'est lui qui t'a averti du danger. Tu lui dis des choses. Ta mère est morte l'année dernière. Qu'est-ce que tu as à laisser maintenant ? Il y a la vie des enfants, de ta femme. Tu soupires. L'homme aussi. C'est déjà bien qu'on ait pu tenir jusque-là. Ça va devenir intenable. Tu soupires. Où est-ce que tu regardes ?

Je marche avec vous deux. Je n'ai pas voulu rester près du bateau, des cantines.

C'est l'hiver 1958. Ma mère a essayé de parler du nouveau climat qui nous attendait, de l'océan Atlantique. C'est un beau mot, atlantique, mais je ne l'aime pas. Elle a parlé des pulls qu'elle allait tricoter, il faudrait s'habituer au climat.

Je me suis fait le serment que je ne m'habituerais jamais à rien. Rien. Je ne veux pas qu'on change.

Pourquoi est-ce que vous parlez plus bas maintenant ? Personne ne vous écoute. Qui ? Mais on a peur de quoi, toujours, dans cette famille ? De quoi ? Pourquoi on part ?

Je ne veux pas lever les yeux sur ces immeubles, leur crépi qui me dégoûte. Je lutte contre la couleur. Elle ne m'aura pas. Ce n'est pas le bleu que je connais, ce n'est pas le bleu du ciel qui me fait plisser les yeux, ce n'est pas le bleu de nuit des points tatoués sur le visage qui sentait si bon de ma petite grand-mère. C'est rien de ce que j'aime.

Emmenez-moi loin d'ici !

Vous dites qu'on va aller prendre un sirop d'orgeat ou une menthe à l'eau. Vous dites qu'il faut que je prenne de la Dramamine pour ne pas être malade pendant le voyage.

A l'intérieur de moi, c'est déjà plein. Je suis complet. Il n'y a plus de place. Même pour un tout petit cachet de rien du tout.

Nous sommes assis dans un café. Vous me regardez. Ça vous occupe, ça vous évite d'être tristes. Allez, c'est rien du tout un petit cachet. Rien.

Le verre de sirop de menthe à l'eau est devant moi. Immense.

Je ne peux pas.

Moi aussi j'ai une frontière. Elle est dedans. Personne ne la respecte.

Envie de vomir.

Tout le monde a pris le cachet. Il faut que moi aussi.

On dirait que ça doit nous protéger, tous. Mais de quoi ? Puisque de toute façon on part.

Entre le dedans de moi et le dehors, ça ne va pas. Ça ne va pas du tout.

Le bleu pas bleu des immeubles me rentre sournoisement dedans, me bouffe, me défait.

Envie de vomir.

Même sur la terre ferme, je flotte déjà. Et tous les pulls du monde que ma mère tricotera pour que je n'aie pas froid n'y feront rien.

Je flotte.

Mon corps de soleil est resté de l'autre côté.

Habiter

On a beau habiter, habiter on n'arrive pas.

On a nommé les lieux : cuisine, salle à manger, salon, chambre des parents, chambre des petites, chambre de la grande, chambre du fils…

Mais comment habiter le vide ?

Nous qui ne savons plus quoi faire pour prendre le moins de place possible partout, voilà que chez nous il faut se dilater pour occuper l'espace. Il y a tant de pièces vides de couloirs de cours de bâti-ments.

Dans notre maison d'Algérie, il y avait un che-min de ronde pour clore. On savait où on était. Ici on ne sait pas. Il y a même des souterrains que mon père a fait murer. En reste la trace, carrée, cimentée grise dans notre cour devant la cuisine. Et je sais que là-dessous il y a des galeries. Il paraît qu'elles vont jusqu'à la mer, en passant sous notre propre rue. Ça fait rêver et frissonner. Parfois j'imagine.

En attendant, on rebaptise les lieux.

Une ancienne lingerie, à l'étage de la chambre de mon frère, est devenue "la salle de jeux". Dans les cantines vertes du déménagement, on a installé nos dînettes et nos poupées, des déguisements, des balles, des jeux dépareillés.

C'est plein de poussière et le parquet regorge de puces. Quand on tape le pied, on en a plein les socquettes. Ça finit par être le seul vrai jeu.

La lingerie reste la lingerie, on ne s'y sent pas prêtes à jouer les p'tites mamans, ma sœur A. et moi.

C'est la proximité du grenier, juste au-dessus, qui fait tomber le silence comme de la poussière sur nos mains quand on habille les poupées. Alors on redescend vite.

Au grenier, il y a une énorme armoire pleine de papiers, de vieux registres. Quand mon frère monte avec nous, c'est la grande équipée, on ose l'ouvrir et on l'écoute lire à voix haute. Les vieux forfaits, c'est comme un roman. Après on lit chacun notre tour. Les dates, les signatures, c'est la ville. On ne connaîtra jamais les personnages.

C'est étrange, nos paroles dans le linge blanc qui sèche.

Le grenier est bas de plafond. Il est tout sillonné de fils à linge depuis que ma mère l'a fait vider. Elle y met la lessive à sécher : beaucoup de draps, toujours blancs, et on sent l'humidité qui nous fait froid jusque dans la bouche quand on parle, sous les dents.

La fenêtre est toute petite, c'est la seule sans barreaux de toute la maison, mais elle est trop petite pour qu'on s'y penche.

En bas, devant la cuisine, de l'autre côté de la cour, le "bâtiment des femmes". C'est comme ça qu'on appelle les prisonnières qui discutent, lisent, pensent en attendant de voir leur avocat ou de passer devant le juge. Elles n'occupent qu'une seule salle, au premier. Au rez-de-chaussée ma mère a fait sa buanderie : un grand cuveau où laver le linge avec la planche et la brosse, un brasero où l'eau de la lessiveuse bout, des bancs en bois.

Derrière la porte, un jour, dans un autre temps, une prisonnière s'est pendue, ma mère le dit. C'était pour avoir la paix ? Ma mère l'affirme. "Quand on en a trop marre, on s'pend !" C'est une menace et je m'en fous.

Tout en haut du bâtiment, il y a un petit lit de fer. La pendue, c'était la mère de l'enfant qui y dormait, j'en suis sûre. L'escalier qui monte là-haut, en bois gris, jamais ciré, il me fait peur. Il monte vers quelque chose qui me glace.

J'arrive bien à grimper jusqu'au premier, la grande salle des femmes. J'arrive bien jusque-là, mais après, c'est la peur. Même s'il fait encore clair.

Je n'aime pas dire que j'ai peur quand on joue avec mon frère et ma sœur A. Dire le mot, ça fait venir ce que je sens encore plus.

Alors je vais. Avec eux. Je grimpe. On invente des histoires.

J'attends qu'on redescende. Je me tiens un peu en arrière. J'évite de monter jusqu'à la petite pièce où il y a le bas flanc en bois. C'est là que dormait la pendue, j'en suis sûre. Le petit lit en fer blanc, trop grand pour un bébé, trop petit pour un adulte, ça sent la mort. Ce n'est pas possible que l'enfant en soit sorti vivant, de ce lit.

Descendre, sans avoir l'air pressé, les escaliers.

Retourner vite à la cuisine où ma mère s'affaire forcément. Attendre dans la cuisine le repas du soir. Faire semblant de lire. Semblant d'apprendre une leçon. Semblant de n'importe quoi pour que ça revienne, la vie. Ne rien dire.

Respirer à peine.

Juste habiter sa peau.

Le petit lièvre

Mon frère, c'était Tarzan et avec lui, c'était toujours la forêt vierge.

Nous avions sa chambre vaste au deuxième étage comme maison dans les arbres et tous nos rêves.

Moi, à six ou sept ans, je vivais recroquevillée, avare de mes mains et de mes pieds. La pointe de mes pieds, oui, je m'en servais de marche en marche sur le bois de l'escalier puisque le silence était la seule loi reconnue de tous dans la maison.

On se taisait, les uns pour les autres, les uns par-devers les autres. Ma mère distribuait les rôles muets.

Moi je rêvais de parole qui ne serait pas soumise. Une parole dansante qui occuperait tout l'espace entre silence et cri.

Les cris, derrière la porte de nos parents, ou dans le salon, sous notre chambre, le soir.

De peur du cri, je parlais le moins possible. J'essayais d'entendre le moins possible, mais c'était encore trop.

Toutes mes forces pour oublier.

Chez toi, Tarzan, j'étais Jane, voire Chita. Aimée aimée aimée. Protégée du reste du monde. D'ailleurs tu régnais sur les animaux et tu décidas de t'en servir. Pour mon bien.

De peur de tout, je ne touchais rien. Je rêvais d'effleurer. Je ne touchais qu'en livre. En livre, je sentais tout : le duvet et la plume, le rêche et le soyeux. Mon corps, lui, s'absentait. Je me nourrissais par les yeux, mes yeux de myope, rougis, épuisés de page en page. On me disait de sortir prendre l'air. Et puis j'ai fini par me faire oublier.

On m'a laissée.

Sauf toi. Tu n'en as pas démordu : je toucherais.

D'abord, les oiseaux. Tu en as attrapé et tu me les as ramenés. Les petits corps souples et fragiles me ravissaient d'avance, mais les pattes maigres, griffues, les becs me terrifiaient.

Tout pour ne pas te décevoir.

Je t'ai réclamé une ficelle pour les promener. Tu l'as nouée autour d'une patte. Il fallait que je prenne l'oiseau sur ma main.

Impossible.

Je ne voulais pas qu'il me touche. Tu as refusé net : un oiseau, c'est pas un chien qu'on balade en laisse.

Tu leur as redonné leur liberté à tous. Je les ai regardés sans pleurer s'envoler, toi à côté de moi, silencieux.

Du temps a passé.

Mais un jour, dans la poche haute de ta chemise de scout déjà vieux, tu m'as fait découvrir une petite boule. La tête se confondait avec le corps, les oreilles collées. Cette fois, c'était un bébé lièvre et je l'ai aimé tout de suite comme un autre moi-même.

J'ai osé le caresser dans ta paume ouverte.
Notre père nous a mis en garde. Trop jeune… nous allions le faire mourir…
Notre mère a haussé les épaules. Elle a posé froidement son regard bleu pâle sur le condamné d'avance. Encore du travail pour elle. Et la caisse ? Et la nourriture ?
Je l'aimais déjà désespérément.

Nous avons tenu bon. Farouches, nous l'avons monté dans ton antre. Tarzan passé père, tu lui as fait un nid douillet dans une boîte à chaussures garnie de coton hydrophile. Tu l'as installé sous le lit, à l'abri. J'ai suivi chacun de tes gestes. C'était de l'amour.
Il ne remuait quand même pas beaucoup.
Il est mort vite.
"Manque d'une vraie mère", ils l'ont redit, les parents.

Ma vocation a avorté dans une boîte de carton. Les biberons de mes poupées ont été récurés par ma mère. Ils sont retournés dans le coffre à jouets. Je n'aimerai jamais les poupées.

Et le trésor de poils roux qui se ratatinait ! Le poil qui devenait sec. J'avais peur. J'ai eu encore plus peur qu'il ne disparaisse tout à fait.

Le savoir là, dans sa boîte, sous le lit, même mort, ça me rassurait.

Tu as promis à notre mère d'assainir la jungle. Trois jours sont passés. Elle est montée, a découvert la cause de la PU-AN-TEUR. Elle nous en a "débarrassé". A la poubelle.

Toi et moi, nous avons porté un deuil fier.

Je n'ai pas dit de mot. Je suis retournée aux livres. Peu à peu, je me suis sentie soulagée de ne plus avoir à aimer.

Toi, tu n'as pas décoléré.

De la douceur du poil roux, tu t'es vengé sur la carapace de la tortue négligée jusqu'à présent dans la cour.

"Tu es sûr que ça lui fait pas mal ?

— Puisque j'te dis qu'elle sent rien !"

Quand même.

Chaque fois que le caillou, lancé par ta main sûre, atteignait la carapace, je rentrais un peu plus le cou entre les épaules, les pattes sous le ventre.

Je me tortufiais.

Je raconte

Il y avait eu la chaleur toujours présente. La vie en contrepoint du soleil. Volets clos de la sieste, fraîcheur du grand hall à damier noir et blanc.

L'ombre n'est pas froide quand le ciel est bleu. Elle est encore désir.

J'aimais le soleil. J'aimais l'ombre. J'aimais les tentes de nomades que mon frère nous faisait avec de grandes serviettes éponge sur le chemin de ronde.

Il n'y avait pas de porte entre notre petite ville et l'espace du sable et des roches. Je respirais toute.

Il y avait eu l'ambre qui brûlait au fond de chaque couleur. Cuivre et parfum. Henné tatoué en très petits dessins aux talons, au creux des paumes des femmes.

De la lumière éclatée partout. Même dans le mat. Jamais de terne.

Ici, c'est le sombre.
Dehors il pleut ou c'est pareil.

Ma mère me tire les cheveux trop fort pour les attacher. J'ai mal. Plus rien ne boucle nulle part. Je suis en attente de je ne sais quoi. C'est l'hiver.

Je vais aller à l'école pour la première fois. Ma mère a cessé de me faire faire, comme là-bas, des lignes et des lignes de lettres sur mon petit tableau, dans la cuisine. Ici, elle est trop occupée.

Elle m'emmène à l'école.

Je n'ai pas pleuré. J'ai quitté sa main.

La directrice m'a gentiment présentée à la classe. C'est décembre. J'arrive de loin.

A la récréation, des petites filles me demandent si j'ai vu des sultans, des palais. Je ne sais pas quoi répondre. Je dis que tout était pareil qu'ici. Elles s'éloignent.

Moi, je sais déjà écrire, lire et compter. Ma mère en a trop fait. Je m'ennuie.

C'est à une récréation que je me décide : je vais trouver les filles et je commence. Oui, bien sûr, j'en ai vu des palais. Et bien sûr mon père était l'ami du sultan. Et bien sûr il y avait des trésors et des princesses voilées et des choses encore bien plus étonnantes.

Je raconte, je raconte.

Bientôt les mille et une récréations s'offrent à moi.

Bientôt j'attends avec impatience le moment où j'entamerai un de mes tours de cour, une copine à chaque bras, honneur qu'elles se disputent.

Là, je les enchante.

J'invente. Je brode. J'emmêle les fils de la réalité et de mes lectures. Je leur sers ce qu'elles ont envie d'entendre et plus encore. Plaisir.

A dos de chameau, je leur fais visiter les oasis.

La lumière éclabousse les mots dans ma bouche.

Je suis heureuse.

L'imposture

A l'école, il y a des chevalets. Des chevalets, je ne connais pas ce mot.

Ils portent en permanence des espaces blancs qui me fascinent.

Je ne connais rien à la peinture. J'ai six ans. Ma mère ne m'a appris que les lettres et les chiffres. Godets, pinceaux, gouaches, c'est l'inconnu.

Je n'ose pas aller aux chevalets.
J'ai envie.
Les autres y vont dès que leur travail sur cahier est terminé.
Le mien est fini depuis longtemps.
J'ai envie.
Je n'ose pas.

Et puis, un jour, j'y vais. C'est miraculeux. Je me suis levée en même temps que les autres, j'ai suivi, comme si je savais faire, et je me suis retrouvée devant un chevalet. Le bonheur d'y aller ! L'impression d'exister complètement ! Mais plantée devant, toute seule, la panique. D'un seul coup dedans, le vide. La peur de demander. Comment on se sert des pinceaux ? Est-ce que j'ai le droit de tremper le mien dans l'eau ?

J'épie, l'air de rien. Les autres le font. Alors moi aussi. L'eau devient rouge.

On n'a sûrement pas le droit de gaspiller la peinture. Chez nous, on fait attention à tout. S'il y a du rouge sur le pinceau, on doit être obligé de l'utiliser.

Je ne sais pas quoi peindre.

Je ne sais pas faire des formes comme les autres et bien remplir avec de la couleur.

La seule chose qui me vient, c'est un igloo.

A la maison, mon père m'a rapporté il y a peu de temps un beau livre tout gris. Il l'a déniché à la salle des ventes où il passe tout son temps libre. Il fait des trouvailles. "Encore ses nids à poussière !" ronchonne ma mère. Moi, j'aime bien.

Le livre est magnifique. C'est *La Petite Princesse des neiges*. La petite est élevée au pôle Nord où il fait nuit longtemps. Elle est blonde, en fourrure blanche et elle a une nourrice noire qui danse tout le temps. Ce livre et ses illustrations, je l'adore.

J'ai envie d'un igloo.

Ici, j'ai toujours froid de toute façon.

Je peins rouge.

L'igloo. Les blocs de glace. Il faut que ce soit bien rond en haut.

Je peins rougeâtre.

Le sol gelé. Facile : il n'y a rien. Pas de fleurs. Pas d'arbres. Pas de soleil.

Je peins rosâtre.

Les flocons de neige qui tombent du ciel.

Jamais je n'arrive au blanc.

Mais qu'est-ce que ça ferait blanc sur blanc ?

J'ai fini.

Il y a quelque chose qui ne va pas, c'est sûr !

La maîtresse rit.

Elle m'aime bien.

Elle rit.

Elle est gentille et douce avec moi. Elle trouve que je suis douée.

Elle rit.

Elle décroche toutes les peintures pour les mettre à sécher.

Je suis retournée m'asseoir.

Jamais plus je ne me rendrai aux chevalets.

A la fin de l'année, tous les parents ont récupéré les peintures de leurs enfants. Elle a donné aux miens une barque sur une rivière avec deux personnages et la lune. C'est beau. C'est tout bleu. Mes parents apprécient.

Qu'est-ce qu'il est devenu, mon igloo ? Je n'ose pas demander. La maîtresse sourit. Mes parents sourient. Je vais sauter une classe. Je vais rentrer directement en primaire.

Tout le monde sourit.

Pour me faire plaisir, quand on rentre, ils accrochent *ma* barque dans leur chambre, au-dessus de la cheminée.

Chaque fois que je suis obligée de passer devant, je regarde ailleurs.

Un igloo, ça ne fond pas.

Je lui lis mes rédactions

La maison où on est arrivé en France, elle est sombre, pleine de recoins, d'araignées.

J'te dis que les petits rideaux partout, c'est pour cacher la crasse ! Ma mère n'arrête pas de se plaindre. Ah ! les occupants précédents, elle les bénit, eux et leurs petits rideaux ! Elle en a, du pain sur la planche ! C'est plein de poussière, c'est vieux.

Moi, c'est la première fois que je vois des plumeaux et des *gueules de loup* pour extirper les toiles d'araignées partout.

J'ai peur des araignées. Mais le pire, c'est les mille-pattes. Il y en a dans notre chambre. Je n'arrive pas à les tuer, j'ai trop peur. Je me terre sous les draps.

C'est un drôle de royaume, cette maison. Elle est trop grande. C'est un appartement en plusieurs morceaux. Il n'y a pas de centre. Des couloirs et des escaliers partout. Il faut toujours traverser des endroits déserts pour aller d'un lieu à un autre. Les pièces sont trop vastes. Ou peut-être qu'on n'a plus assez de meubles. Pas assez de chauffage. On était habitué au chaud.

Je ne me rappelle plus rien de notre maison de l'autre côté de la mer. J'oublie. Ma maison dans ma tête a disparu. Ici, d'ailleurs, on ne dit plus une maison, on dit un appartement. Un appartement de fonction et nous, on doit fonctionner avec. On a du mal.

Ma mère rouspète en récurant. La chair de son bras tressaute au-dessus du coude tellement elle appuie fort sur les éponges. Elle les use *à l'huile de coude*.

Et puis maintenant, elle va les avoir tout le temps "sur le dos", elle va les avoir tout le temps "dans les jambes". Les, c'est nous. Les quatre enfants.

Fini, les nourrices arabes pas chères et reconnaissantes du p'tit café et des sourires, de la vie de famille, quoi, qu'on leur offrait !

Il y a du teuton chez ma mère. Le regard bleu si pâle, presque transparent, passe tout au crible. Je ne bronche pas, comme elle dit.

Moi, je la rêve douce, avec un chignon, les cheveux relevés. Je la rêve paisible et cohérente comme une maîtresse d'école dans les livres. J'aimerais qu'elle s'habille en gris, avec des tailleurs classiques. J'aimerais qu'elle apprenne à parler doucement.

Sa voix me fait reculer. On dirait toujours qu'on est à l'autre bout de la pièce quand elle nous parle. On est juste à côté d'elle. Est-ce que tu me vois ?

Elle ne se rend compte de notre présence que quand on la gêne. Ah ! elle a autre chose à faire qu'à toujours s'occuper de nous !

Mais moi, je sais l'avoir pour moi toute seule. Je sais l'arrêter.

Les mains encore marquetées d'épluchures, vaguement essuyées au tablier, elle s'assoit.

Elle écoute.

Elle continue à éplucher ses fichus légumes qu'on n'aimera pas dans la soupe, mais très lentement, comme ailleurs.

Elle écoute.

Je lui lis mes rédactions.

On fait îlot dans la cuisine.

Ma mère devient une femme qui rêve, le pouce calé contre l'épluchoir qui glisse. Je lui jette un coup d'œil, ça y est, elle est une autre et elle écoute. Elle et moi, nous appareillons ensemble loin de l'appartement, dans mes mots.

Petit déjeuner

Maman, je n'en peux plus de t'appeler en silence.
Je t'appelle partout et je ne sais même pas que je
t'appelle. Je t'appelle du fond de moi. Tu ne peux
pas m'entendre.

Assise à la cuisine, je ne te regarde pas mais je
te vois, dans mon œil, à gauche. Je n'ose pas t'appeler en vrai. Je voudrais que tu me parles.

Tu vaques en face de la cuisinière ou bien tu
vas à l'évier, dans le couloir. C'est pas commode,
cet appartement, en France, tu n'arrêtes pas de le
dire. Toi, tu rêves d'un lieu moderne, avec un
évier à deux bacs et des pièces moins vastes, sept
mètres sur quatre pour la moindre chambre, on
n'en finit pas de faire le ménage ici !
Tu reviens toujours à la cuisinière. C'est ton
espace, ton autel exigeant.

Tu l'allumes dès le matin. C'est toi la première
levée.

Le bruit du tisonnier qui t'aide à ouvrir la plaque de fonte et puis qui fourrage dans le foyer, qui tape contre les bords. C'est toi qui mets en route la maison par les bruits. Ceux de la cafetière, ensuite des portes du buffet. Tu prépares tout.

De mon lit, je t'entends monter l'escalier jusqu'au premier.

Ton pas est lourd mais il est plus rapide qu'en fin de journée, quand tu fais peser ta fatigue, le pied bien à plat sur chaque marche, que tu nous l'appliques dans les oreilles, là ! c'est pour vous que j'me suis fatiguée comme ça !

Tu entres dans la chambre. Ta main sur mon épaule, ton souffle dans le creux de mon oreille, tu me réveilles.

Je n'ouvre pas les yeux. Le cou rentré, la tête enfouie, l'oreille cachée sous la couverture, je n'ouvre pas les yeux encore.

Tu chantonnes, toujours sur le même ton, les paroles du réveil, des paroles toutes simples, doucement.

Je n'ouvre pas les yeux. Qu'est-ce que j'attends ?

Alors tu vas au lit de ma sœur A. et la même chose, tu dis la même chose à son épaule, la même.

J'attends. Je veux une chanson pour moi toute seule.

Tu quittes la chambre.

Aussitôt ma sœur A. se lève, s'habille, elle te rejoint tout de suite.

Moi, j'attends.

Au bout d'un moment, des coups résonnent sous le lino de la chambre. Tu as pris ton balai et tu tapes au plafond de la cuisine, juste sous mon lit.

C'est ça, ta chanson pour moi toute seule ? Il n'y a pas de paroles. Il faut que je me lève.

Je t'appelle du dedans. Je n'ai pas de balai pour taper contre ton cœur.

Je me lève. Je m'habille. Toute seule. J'ai appris vite à tout faire, tout, toute seule. On dit que je suis "un ours mal léché"… Lèche-moi !

En bas, on s'embrassera. On s'embrasse beaucoup chez nous : quand on sort, quand on rentre, quand on se voit, quand on se quitte… On s'embrasse on s'embrasse comme si on s'assurait tout le temps d'une présence.

Je traîne devant mon bol de café au lait.

Je le laisse tiédir. Je regarde le pain coupé en tartines. Je n'ai pas envie.

J'attends. J'attends.

Tu t'affaires de l'autre côté de la cuisine. De l'autre côté. Ma sœur A. est déjà partie à sa toilette.

Parfois tu te mets à chantonner un vieil air d'Italie qui te revient. J'écoute des mots que je comprends confusément. C'est ta mère qui chantait ces chansons ou bien ton oncle Nino, celui qui avait été enfermé dans une cellule où il ne pouvait pas se tenir droit parce qu'il était trop grand. C'était pendant la guerre. Laquelle ? Longtemps après il avait continué à marcher en comptant les pas comme dans son cachot, où qu'il soit, et puis il tournait, arrivé au bout de l'espace clos qui n'existait plus que dans sa tête, et il chantait. Il était devenu un peu fou et toi, petite fille, tu l'aimais bien. Tu chantes sa chanson.

Dans un moment, tu vas venir soupirer de mon côté. Il faut manger le matin ! Il faut se forcer un peu !

Je regarde le café au lait dans mon bol. Je t'appelle dedans.

Si je ne le bois pas très vite, ça va faire la peau et ça, je ne supporte pas. Toi non plus. Ça t'oblige à aller chercher la passette en rouspétant parce que tu as déjà passé le lait une première fois et que j'ai des manies et que si je buvais un peu plus vite ça n'arriverait pas ! Mais tu le fais quand même.

Tu reposes le bol devant moi. Tu ne me dis rien. A partir de ce moment précis, je sais qu'il faut que je me presse. Bon. Je ne respire plus. J'avale tout d'un trait sans m'arrêter pendant que tu marmonnes que c'est bien la peine de passer autant de temps à traîner pour finir par boire à toute allure comme une sauvage, tous les matins.

Au revoir, maman.

Mon père de bambou

Tu fais de la musique quand le vent te souffle dessus. C'est toujours un drôle de vent, et ta musique, elle est triste, toujours.

Je t'apporte tout ce que tu veux, tout ce que tu dis vouloir : les bonnes notes à l'école, la bonne tenue, les cheveux bien coiffés avec le ruban, la jolie robe. Je t'apporte tout. Je suis une bonne petite fille. C'est pour toi.

Mais mon corps en vrai, tu t'en fous.

S'il y a des nœuds dans mes cheveux quand ma mère tire dessus : "Tais-toi ! Les nœuds, c'est qu'on a été méchante !"

Si je n'ai pas changé de culotte quand il aurait fallu, si je me brosse les dents ou pas, tu t'en fous.

Toi, tu me veux juste à regarder.

Alors, vas-y ! Regarde-moi ! Je suis là, devant toi. Je suis ton remède, ta potion. Regarde-moi ! Je suis là pour ça, moi. Je suis la petite, la chérie, la dernière. Je suis ce que tu veux, ce que tu dis vouloir.

Mais ça ne suffit pas.

Triste, quand même.

Alors quoi ? Qu'est-ce que je peux faire, moi ? Je ne sais plus. J'essaie d'être parfaite. Je fais tout bien et surtout pas de bruit.

Alors quoi ?

Ça ne suffit pas.

Je ne suffis pas.

Tu me regardes, tu glisses, tes yeux s'en vont plus loin, dans le vide. Ton regard perd sa couleur, comme celui des poissons, avec la taie blanchâtre, quand maman les éventre sur la grande planche de bois.

Tu t'absentes.

Tu tapotes sur la table un rythme avec les doigts. Tu chantonnes un air plaintif. Tu chantes dans ta langue. Une langue que tu ne nous as pas apprise. Barricadé, c'est dégueulasse. Moi, je suis petite et tu ne m'apprends pas.

Qu'est-ce que je peux faire devant une si grande porte ?

Tu m'oublies.

Mais je reste devant toi, plantée. Je reste.

J'entends des murmures à l'intérieur de toi. Il y a des vieilles femmes qui pleurent. Chut ! Il y a une petite fille qui est morte. Elle avait deux ou trois ans on ne sait pas bien, c'est vague, l'âge des morts, à force. Et elle est morte on ne sait pas trop de quoi, ta petite sœur. Toi tu étais dans la maison et tu n'as rien pu faire, tu étais trop petit.

Tu as attendu tout seul que ta mère rentre.

Il y a les cris de la mère, il y a les pleurs, il y a toi.

Je t'entends.

Peut-être tu as chanté dans ta tête, une chanson pour toi tout seul en attendant que ta mère rentre, qu'elle découvre. Peut-être.

J'entends des murmures, des plaintes quand je suis près de toi et que tu ne me vois plus. Je ne sais pas ce que c'est. Tu es absent. Tu es resté ailleurs. Tu ne veux pas de nous ?

Tu m'as donné le nom de ta petite sœur morte et tu aimes bien m'appeler mais tu ne me regardes plus et je me tue à te faire exister.

Faut jamais mentir à papa

Jamais. Bien sûr.

Tu me tiens par la main. Tu aimes bien m'emmener avec toi marcher après six heures. Une habitude qu'on a gardée de là-bas.

C'est bien, un père qui aime marcher avec sa fille. Pas bavards, ni toi ni moi.

Moi je tremble que tu me poses des questions sur les trajets de ma grande sœur, les courses de ma mère. Il y a tant de choses à ne pas dire.

Faut jamais mentir à papa.

Ni à personne. Jamais. Je suis d'accord. C'est mal, c'est très mal de mentir. Et puis il paraît qu'on découvre toujours la vérité, alors, hein, bien avancé !

Je me tais. Je suis passée reine dans l'art de me taire ou de diriger notre peu de conversation sur l'école parce que là au moins, pas de panique, je suis sûre de ce que je raconte.

C'est la vérité. Ma vérité à moi.

Je travaille bien. Je suis sérieuse. Et c'est vrai et c'est bien. Je suis tranquille. Parlons de l'école.

On va toujours jusqu'au monument aux morts et puis on revient.

Faut jamais mentir à papa.

Oui, tu es fier de moi.

On rencontre des gens que tu connais. Je suis parfaite en bonne petite fille. Oui, tu es fier.

Et puis vous parlez vacances, vous parlez même retraite. Oh ! ce n'est pas tout de suite, mais on prépare, hein, vaut mieux être prudent !

Et je t'entends bâtir une maison dans le sud de la France, à Saint-Raphaël... oui, une maison de famille... elle vient de sortir de terre, de ta bouche. Je t'écoute. Je te regarde. Tu as l'air modeste de celui qui possède un palace et ne veut pas en faire étalage. Tu continues à parler de "la maison", sans en ouvrir toutes les portes, mais on devine.

Je n'ose plus te regarder. Tu mens, papa. Nous n'avons rien. Ni ici ni ailleurs. Rien que nos mots. Pas de pierres pour faire de vrais murs. Pas d'herbe pour un vrai jardin. Rien. Nous n'avons jamais eu de maison à nous.

Tu continues à mentir et à me tenir la main. Comment peux-tu ?

Je finis par y croire, à la maison de Saint-Raphaël. Peut-être qu'elle nous attend, peut-être. Elle est si belle.

Le temps de ton mensonge, je t'accompagne de toutes mes forces dans ma tête. Si, c'est vrai qu'on a une maison ! Mon père ne ment pas ! C'est pas un menteur !

Le silence après, quand nous marchons.

La maison rentre sous terre, avec son jardin, ses terrasses.

Chez nous, il fait toujours un peu sombre, il paraît que c'est normal.

Le théâtre des parents

Les parents sont morts ou c'est tout comme.
Ils reposent.
Ils ont éteint les lumières.

Ils se sont bien disputés.
Cette fois plus longtemps.

Nous respirons devant les portes, sans bruit.
Nous guettons à pas de loup, de nos chambres
aux deux pièces où ils ont fait retraite.

Tout à l'heure ils sortiront, l'un puis l'autre.
Ils feront leurs affaires sans se parler, sans se
regarder.
On mangera triste.
Nous, on n'osera plus faire de bruit en mâchant.
Maman aura les yeux rouges.
Au dessert, ils ne nous regarderont pas. Ils
diront : "Maintenant, il faut choisir, les enfants.
Avec qui vous voulez vivre ? Avec papa ou avec
maman ?"

La dernière fois j'ai dit papa, alors cette fois-ci je dirai maman et puis j'essaierai de ne pas pleurer devant eux.

Après on ira tous se coucher, les enfants chacun seul dans son lit, et eux deux dans le même.

Jusqu'à la prochaine.

Vous écriviez

C'est mercredi. Après le petit déjeuner et votre premier café de la matinée, tu es reparti dans ton bureau et toi tu t'es assise au bout de la table, dans la cuisine.

On te dirait toujours prête à te lever au moindre appel. Tu ne sais pas t'asseoir confortablement et c'est ta gloire. Tu n'es pas feignante, toi, comme toutes ces femmes qui se maquillent.

De côté, une fesse soulevée débordant de la chaise, le corps penché lourdement en avant, tout ton buste s'appuie contre le coude gauche plié sur la table.

De ta main droite, tu tiens un bout de crayon, jamais un stylo, que tu as tiré de la poche de ton tablier, entre le mouchoir et l'épingle à nourrice toujours piquée dans le tissu.

Le crayon est petit, usé : tu en as taillé souvent la mine en le tenant fort contre ta poitrine avec la pointe d'un couteau de cuisine.

Cela fait une mine longue, dure, mais arrondie, jamais pointue comme avec mon taille-crayon.

Elle porte les traces biscornues des raclures de couteau.

Tu cherches, tu cherches.

Tu as le visage tracassé par ton souci quotidien : "Qu'est-ce qu'on va bien pouvoir manger aujourd'hui ?"

Les petits pois, c'était hier ; les salsifis, mon frère les laissera dans l'assiette ; mon père ne veut plus de conserve depuis qu'il a réussi à s'intoxiquer avec une boîte périmée la seule fois où on est parti en vacances sans lui.

"Nous sommes vraiment tous très difficiles !"

Ton buste lourd toujours penché en avant, tu restes immobile, longtemps, sans nous regarder, interrogative, ma sœur A. et moi.

Un pied aide l'autre à quitter la pantoufle et tu appuies les deux, bien à plat, sur les carreaux rouges de la cuisine.

Tu ne croises jamais les jambes. Il t'a dit que cela faisait vulgaire.

De toute façon, tu ne restes jamais assez longtemps assise pour cela.

Tu vas finir par trouver une idée de repas et tu écriras.

Tout le bras droit s'appuiera contre la table, du coude au poignet. Seule, ta main se relève. Elle tient le crayon bien serré entre tes doigts aux ongles régulièrement rongés. Tu as alors la main fermée comme sur le manche d'une poêle lourde ou d'un faitout empli d'eau que tu poses sur la cuisinière.

Tu appuies tellement que tu creuses parfois le papier. Tu enfonces le crayon dans le petit bout de feuille que tu as soigneusement coupé, récupéré d'un dos d'enveloppe ou d'un bas de lettre.

Tu écris droit et rond.

Tu écris utile.

Quand tu as fini, tu es soulagée.

Tu plies la liste des commissions et repasses le bout du pouce sur la pliure bien nette. En même temps, tu pousses un profond soupir.

Puis tu mets la liste dans le porte-monnaie.

Tu ne l'oublies jamais quand tu sors, comme moi.

Et toi, quand tu écris, tu portes tes lunettes à monture d'écaille, changées déjà trois ou quatre fois, jamais parfaites.

Devant toi, sur le bureau de bois sombre, massif, il y a le sous-main de cuir vert foncé, le petit casier à lettres et le tampon-buvard.

Contre la vitre de la fenêtre étroite, il y a le palmier jauni qui balance encore une palme au vent humide de cette ville d'Atlantique.

Vous êtes en prison, le palmier et toi.

La pièce est sombre, petite, encombrée de fichiers. Deux tables de bois soutiennent d'énormes registres empilés, aux feuilles écrites, signées, tamponnées. Ils sont très vieux, très lourds de choses à ne pas dire.

Toi seul tu as le droit de les ouvrir, d'inscrire les noms désormais frappés d'illégalité, de faire signer.

Puis tu retournes t'asseoir, après l'écrou.

Ton fauteuil est en bois. Le dossier arrondi forme un demi-cercle qui entoure ton corps, le clôt au bureau sous lequel tes jambes disparaissent.

De chaque côté, accessibles à ta main, trois grands tiroirs profonds qui ne sont pas fermés à clef, qu'on n'ouvre pas. Sauf un jour, pour retrouver mon petit chat enfermé parmi les vieilles feuilles et les trombones que ma main effleura.

Avant d'écrire, tu fais un geste de la main droite, comme pour prendre la mesure de la feuille.

Tes doigts loin de la plume, on dirait que tu tiens un pinceau, pas un stylo.

Tu écris penché, longues lettres fines.

Tes mots commencent par des boucles étirées vers la gauche. Vers la gauche écrivaient tes ancêtres. L'élan de la mémoire retient l'élan du geste. Tes mots finissent minces, parfois illisibles, indéfiniment rappelés à se fondre dans l'initiale.

Tu as le goût des paraphes et des majuscules.

J'imite des heures entières ta signature, ta griffe, sans y parvenir vraiment, sur la table de ma chambre.

Tu traces rapidement quelques mots. Ta main brune, belle, s'arrête brusquement, puis repart.

Ta main gauche qui tient du bout des doigts la feuille, porte une bague en or. La pierre noire d'onyx est creusée. Il faut être très près pour y distinguer un profil.

Je n'ai jamais su de qui.

Tu écris administratif, absent, dans ton bureau fermé.

Vous vous retrouvez tous les deux au petit secrétaire d'acajou du salon pour la rédaction des missives familiales.

Tu es assis sur le fauteuil bridge garni de cuir rouge, et toi sur une chaise à côté de lui.

Tu aimes les grandes feuilles de papier fin et tu les apprêtes longuement.

Toi, tu es accourue, toute cuisine cessante. Toi, tu connais l'orthographe : tu étais première au certificat d'études dans ta ville du Nord, mais malgré l'institutrice, on ne t'a pas permis de dépasser le seuil du café-épicerie-pension familial.

Au bout d'un long temps de feuilles froissées, jetées à la poubelle, vous parviendrez à l'énoncé satisfaisant de vos souhaits pour la santé de chacun.

Tu signeras.

Alors, avec le stylo qu'il te prêtera, tu écriras ton prénom, seul, que tu souligneras d'un petit trait.

Poulet volé

Mes yeux sont juste à hauteur de l'étagère : les boîtes de conserve sont empilées, en ordre.

A côté, le bac réfrigéré où sont alignés les poulets.

En bonne ménagère, tu observais soigneusement les prix.

L'examen scrupuleux accompli, tu t'emparais de l'élu.

Je savais déjà, à un mouvement du corps en retrait, à un regard aigu, à la fois fixe et fuyant le mien, que le poulet se tromperait de destination.

Il allait d'un geste précis, tout droit dans le filet à provisions qui ne passerait pas à la caisse. Le filet se refermait, comme par magie, à peine alourdi.

La corbeille en plastique vert ajouré du libre-service, la corbeille légale, contenait quelques produits. Pour faire bonne mesure, tu y ajouterais quelques légumes frais, prête à feindre l'étonnement le plus naïf si une vendeuse venait à s'apercevoir de la subtilisation de la volaille.

"Oh ! j'avais la tête ailleurs ! Avec la petite qui me parle tout le temps d'autre chose, je ne sais plus ce que je fais… Excusez-moi…"

Entre-temps, je serais morte de honte.

"Et Mme L. peut vous le dire", tu connaissais toutes les vieilles vendeuses par leur nom, apprendrais vite celui des nouvelles, "je suis cliente ici… D'ailleurs mon mari et moi, nous connaissons bien votre directeur, M. P.".

Oui, mon père et toi vous connaissiez bien le directeur. C'est mon père qui écrouait les quelques voleuses que les deux policiers amenaient régulièrement à la maison. Des "romanichelles", comme tu disais. Celles que tu n'aimais pas avoir à fouiller, adjointe occasionnelle. Une vieille en particulier, qui t'en imposait, par son âge, sa crasse, et le nombre de ses jupons superposés.

Qui aurait pu douter de la bonne foi de cette femme aux yeux si clairs qu'était ma mère ?

Jusqu'à la sortie du magasin, je serais une petite vieille de six ans au visage de bois, guettant les signes possibles de toute poursuite.

J'essayais de ne plus penser pour éloigner le danger. Je redoutais un regard, la main de la justice sur l'épaule de ma mère : le scandale avec quoi cette bourgeoise, fille de commerçants elle-même, jouait.

Ses parents avaient vendu de la nourriture. Elle la volait pour la présenter à celui qui, au bout de la table, mangeait sévèrement.

De quoi triomphait-elle ainsi, du fond de sa passion qui s'ennuyait ? Qu'attendait-elle ?

D'être mise sous les verrous par sa propre main à lui ? Lui qu'elle défiait régulièrement par l'entremise de pâtés, de gros poulets, de rôtis, qu'elle servait, le sourire aux lèvres, écoutant, soumise et révoltée, le jugement du maître sur la tendreté de la chair.

La prochaine fois, elle choisirait mieux.

Moi, je n'avais plus de place dans l'estomac pour accueillir la part du butin qui m'était dévolue.

"La petite ne mange rien… Il faut qu'elle sorte davantage, qu'elle se promène…"

Aussi longtemps qu'elle ne serait pas prise, elle recommencerait.

Et elle n'était jamais prise.

Ce fut sa force et son malheur récidivé.

Magnanime, quand un vol manqué amenait dans la cellule dite "des femmes" quelques collègues de larcin moins chanceuses, tu leur faisais un bon café maison. Tu leur prêtais généreusement *Nous Deux* ou *Intimité*, tes lectures favorites, pour passer le temps.

On te remerciait, ignorant tout de tes talents complices.

Tu retournais à la cuisine. Il fallait faire la liste des commissions.

Maman dans mon lit

Tu es dans mon lit et ça n'a pas été difficile.

"Et puis t'auras qu'à dire que t'es un peu malade…"

Vous chuchotez vous riez vous complotez. Toi et mes sœurs. Moi, je suis la petite. Vous m'utilisez. Pratique.

"D'elle, de toute façon, il accepte tout !"

Il y a du rire et du rauque dans ta voix. Oui, de moi, il accepte tout, mon père, et j'en suis fière ! Il me fait confiance parce que moi, je lui dis toujours la vérité. Toujours !… Je voudrais tant que ce soit vrai… Je jongle dans une zone où la vérité est toujours infirme, des paralysies de la langue protégeant les mensonges organisés.

— Bon, alors quand on a fini de manger l'entrée, tu dis que t'as un peu mal à la tête, tu sais ?

Oui, je sais. Ce n'est pas la première fois.

Le repas, les yeux dans l'assiette. Je ne me sens pas bien. J'ai l'impression qu'il me regarde.

Je fais une petite grimace. J'en laisse.

Tu as sauté sur l'occasion :

"Tu ne finis pas ?… Eh ben… ça n'va pas ?

— Si, si."

Je prends l'air héroïque de qui part à la bataille pour réattaquer, fourchette en main, ta purée maison.

"Elle ne sort pas assez !"

C'est l'avis paternel. Inéluctablement le même.

"Qu'est-ce que tu veux ! Elle travaille tellement pour l'école…"

Ça oui ! Tu sais exactement ce qu'il faut dire pour que le regard brun de mon père se pose sur moi, soucieux, bienveillant. Je suis sa fierté. Toujours première.

"Ça ne va pas ?"

C'est le moment. La petite voix juste un peu plaintive.

"Je sais pas. J'ai un peu mal à la tête. Ça va peut-être passer…"

Tu fais à merveille semblant de t'inquiéter :

"Elle a les yeux brillants, non ?"

Et ma sœur A. de renchérir :

"Elle a pas bien dormi cette nuit."

Alors, pour emporter le morceau, pour échapper au mensonge qui enfle qui enfle qui va faire crever mon cœur de boursouflure, je me mets à y croire. Je ne me sens vraiment pas bien. J'ai mal au crâne et un peu envie de vomir peut-être ?

Je me lève de table.

"Je crois qu'il faut que j'aille aux toilettes, je m'sens pas bien, pardon…"

Pardon. Pardon. Pardon. Pardon pour tout le mensonge à venir. Pardon pour tout l'amour qu'on m'arrache petit à petit du cœur. J'ai honte. Pardon.

"Va, va, accompagne-la ! Ne la laisse pas y aller toute seule ! Elle va pas bien, la petite, là !"

La sollicitude de mon père me navre. Je me sens encore plus coupable.

Tu t'es levée. Ça marche. Comme d'habitude !

Dans les toilettes, on ne se dit rien, toi et moi.

Tu ne me regardes pas. La cuvette des W.-C. ouverte sous mes yeux, je n'arrive pas à vomir.

Nous retournons à table.

Je me suis tellement contracté l'estomac que je ne peux plus rien avaler jusqu'à la fin du repas.

Pâle, je ne quitte plus ma place.

"Il vaut peut-être mieux que je reste avec elle, cette nuit, hein ?

— Tu veux que ta mère dorme avec toi ?"

Je baisse la tête. Je ne peux plus regarder personne.

"Ben oui… j'veux bien… j'me sens pas bien… si ça dérange pas…

— Mais non, hein ?"

Tu t'es tournée vers lui, interrogative.

Mon père dit oui. Bien sûr.

Cette nuit, il dormira seul dans votre chambre, de l'autre côté du palier.

Cette nuit, en le privant de ta présence, tu te venges. De quoi ? C'est vos histoires. Celles que tu vas raconter en douce à mes sœurs, en murmurant, en pouffant de rire, pas trop fort pour qu'il n'entende pas.

Je suis tournée contre le mur.
Ton grand corps pesant à côté de moi.
J'attends que tu éteignes. J'entends tout.
"Elle s'est endormie d'un coup, la petite !"
Je sais très bien faire la respiration de celle qui dort bien.

J'attends.
Tu vas éteindre.
Je vais me blottir contre toi, dans ton dos. Tu te tournes toujours de l'autre côté pour t'endormir.
Je vais m'endormir moi aussi, contre toi.
Tu as un dos immense comme une plaine à éléphants. Tu m'emmènes partout avec toi sur ton dos, dans la savane, sans le savoir. Tu marches dans mon sommeil qui vient et je suis bercée.

Je t'ai pour moi toute seule dans mon petit lit.

La garderie de l'école

C'est la fin de l'école et j'attends.

On est assis sur des bancs de bois à notre taille.

Mon petit sac rouge, je le tiens serré contre mon ventre. Il n'y a plus rien dedans que le grand mouchoir bien plié qui ne sert jamais. Le goûter a été avalé il y a longtemps.

J'attends.

Par un haut-parleur on appelle les enfants quand leurs parents viennent les chercher.

Un par un, ils partent.

Qu'on m'appelle. Qu'on m'appelle. Que je me lève. Que je passe sous la porte des petits, arrondie en haut.

Je ne veux pas être la dernière. Je ne veux pas rester.

Tant qu'on est encore nombreux à attendre, ça va. Mais bientôt on n'est plus que trois, quatre. Avec le haut-parleur on ne reconnaît même pas la voix de la maîtresse.

Par terre c'est du carrelage, je ne vois plus que ça.

Passe passe passera la dernière restera.

Talon aiguille

Elles sont assises dans la cour. Quand il commence à faire beau, ma mère les laisse descendre leurs chaises et leurs magazines et leurs caquetages. Elles discutent. Elles attendent. Elles sont là pour la journée, celles que dehors on appelle "des prisonnières", que mes parents appellent "les femmes".

Moi, je ne peux plus sortir jouer. Quand elles sont là, je n'ose plus. Même pour aller au water dans le petit bâtiment de la cour, j'ai du mal. Il y a deux waters séparés par une cloison : les nôtres, avec un siège ; les leurs, un trou. Dans les deux, on a froid l'hiver.

Passer devant leur groupe, sentir leurs regards se poser sur moi, "elle a grandi la p'tite", avec les récidivistes on finit par former une grande famille : j'ai du mal.

Mon chat est sorti. Il joue. Je le regarde de la fenêtre de la cuisine. Il passe entre leurs jambes, pas farouche.

Quand on est arrivé ici, des chats, il y en avait plein. Ils vivaient sur des vieilles étagères, à moitié sauvages, là où ma mère a fait maintenant sa buanderie. J'étais la seule à entrer, à leur parler très bas, très bas, jusqu'à ce que j'arrive tout près d'eux. J'avais réussi à en prendre dans mes bras. Pas une griffure. Mais on les a fait disparaître peu à peu. Pas propres ! Mon père a raconté qu'il en avait donné. Qui en aurait voulu ? Il a raconté aussi qu'ils étaient partis tout seuls. Comment ?

On me raconte n'importe quoi.

Je sais qu'il a demandé à un gardien de les prendre dans l'estafette et de les lâcher n'importe où mais loin, à la sortie de la ville.

Quand il n'y en a plus eu du tout, on m'en a offert un tout petit. Un chat domestique, serviable. Ça ne fait rien, je l'aime beaucoup. Pouvoir reprendre un chat contre moi, c'est tout ce que je demande. Et lui parler très bas.

Je n'ai pas posé de questions. J'ai fait semblant de croire à leurs histoires. Pas la peine de gêner. C'est la maison du semblant ici. Tout le monde ment et personne ne joue.

Les chats ont donc disparu. Reste Moussy.

Il se déroule, il s'arrondit en pelote aux pieds des femmes qui se racontent des choses à voix basse. Parfois un grand éclat de rire, la tête en arrière. Vulgaire, dit mon père. Ma mère sourit. Vulgaire, sûrement.

J'attends qu'elles partent. En fin d'après-midi, on viendra les chercher. Elles repartiront à la prison de F. dans le fourgon cellulaire.

De nouveau la cour sera notre cour et je pourrai sortir.

Ça fait quoi un pied de chaise qui s'enfonce dans un ventre doux ?

C'est une femme qui a crié, lèvres rouges et talons aiguilles. Elle n'a pas fait exprès, pas d'sa faute si la bestiole est venue s'coller comme ça.

J'ai tout vu. Elle a soulevé sa fesse de la chaise, a basculé son poids d'un côté, les deux pieds de la chaise en l'air et quand il a été juste en dessous, hop ! elle s'est rassise. C'est une rapide. J'ai tout vu.

On m'arrache le cœur par petits bouts ici, en lanières. Je vois tout, les yeux ouverts, et on me dit que je me trompe. Bien sûr qu'elle n'a pas fait exprès, bien sûr.

Pourquoi on ne la tue pas, elle, sur place ?

J'ai plus de cœur. Maman caresse le chat. Ça l'attendrit, ce cou fragile qui s'étire comme s'il voulait séparer du reste du corps la tête, la seule partie qui ne souffre pas encore.

Il tousse pendant deux jours. J'essaie de me faire croire qu'il a attrapé un rhume. Et puis il disparaît.

Ils se donnent encore la peine d'inventer une histoire mais ce n'est plus la peine. Je n'écoute plus.

La secrétaire

Comme un oiseau aveuglé par les phares, elle vient de s'abattre sur la fenêtre de la cuisine, les mains agrippées aux barreaux.

Je l'ai vue accourir, chavirant sur ses hauts talons. Elle a traversé la cour, vacillante, les mains en l'air comme si on la menaçait.

Elle pleure. En même temps ça saigne, ça coule.

Les poignets tailladés, elle s'est collée à la fenêtre de la cuisine.

Elle s'affaisse.

Elle a des lunettes de secrétaire, les cheveux blonds ondulés, bien coiffés.

Elle crie : "Sauvez-moi ! Sauvez-moi !"

Tout le monde crie. Ma mère se précipite.

Qui est allé chercher mon père ? Il gifle ma mère. C'est son premier geste. Elle n'a pas bien fait son devoir de gardienne occasionnelle, adjointe, en tablier de cuisine.

Il s'affole. Elle, non.

Je l'entends qui murmure : "La salope ! La salope ! Elle aurait pas pu attendre, non ? Elle a rien, j'te parie qu'elle a rien. Des simagrées, oui !"

On ne choisit pas ce que voient les yeux. Moi, ce sont les cheveux blonds, ondulés, si bien coiffés. Une coiffure qui vient de chez le coiffeur. Et ses lunettes, à monture noire, fine. Secrétaire chic. Elle était fragile, cette femme, et jolie.

"Sauvez-moi ! Sauvez-moi !"
Ma mère râle. C'est toujours elle qui prend, toujours elle ! Pourquoi elle ?

Je faisais un puzzle sur la table de la cuisine, des petites filles qui rapportent du lait sur un chemin de campagne. Je me suis dressée, sans m'approcher. On m'a ordonné de me rasseoir.

La femme est emmenée, par le couloir qui longe la cuisine, dans le poste des gardiens. On la porte, couchée. Elle passe près de moi, tout à côté, de l'autre côté de la cloison. S'il n'y avait pas le mur, je pourrais toucher sa main rien qu'en tendant la mienne.
Je ne l'entends plus.
Je n'entends plus que ma mère qui passe sa colère en faisant la vaisselle.
"Comment elle avait bien pu se procurer du verre, hein ? Comment ?" avait demandé mon père.
Comment ? Eh ben, elle n'en sait rien comment ! Ces salopes, elles se débrouillent toujours, de toute façon, pour foutre la merde !

Je crois que je l'aime bien, moi, cette femme. Je ne voudrais pas qu'elle meure.

Il y avait du sang aussi sur son gilet de laine toute fine.

Je fais semblant de continuer à assembler mon puzzle. Je ne regarde plus rien. Je n'ose pas pleurer.

Je n'entends plus que l'eau qui gicle à grands jets dans l'évier. Ma mère se lave les mains.

Chapeaux

Dans cette famille, entre le ciel et nous, il faut mettre quelque chose. Mon père ne sort jamais sans chapeau. C'est comme ça : tête nue, non ! Il craint tout : le soleil, le froid, la pluie.

Alors il oblige tout le monde à faire pareil.

Ma mère n'aime pas les chapeaux. Elle n'a jamais aimé ça. Elle n'aime pas non plus les cols "qui l'étouffent" ni les jupes parce que les ceintures "lui coupent la taille". Elle a besoin de respirer sans gêne. Elle rêvait que son mari postule aux Eaux et Forêts, qu'ils habitent une petite maison en plein bois. C'est raté.

Elle a mis le manteau en astrakan qui pèse lourd. Maintenant elle en est à la toque.

Debout devant la glace de leur armoire, dans la chambre, elle se regarde. Qu'est-ce qu'elle se dit ?

Les yeux fixes, elle soulève la toque noire, la tient suspendue au-dessus de sa tête un moment comme une couronne, une tiare. Et puis d'un coup, jusqu'aux yeux, elle l'enfonce. Là !

Et elle sort.
Je m'écarte de la porte.

Moi, c'est mon frère qui m'échafaude le protocole avec le ciel. Il se sert directement de mes cheveux.

Chaque dimanche matin, je me lave la tête.

Lui, il soulève les mèches mouillées. Boucle après boucle, il construit.

Je suis assise, très droite sur une chaise dans la cuisine, mes pieds croisés l'un sur l'autre ne touchent pas terre. Ça dure très longtemps mais ça n'a pas d'importance. Je suis une reine. J'ai l'habitude. Je ne bouge pas. J'attends que s'achève l'œuvre sur ma tête.

Quand c'est fini, je traverse le rideau en lanières de plastique de toutes les couleurs qui sépare le coin toilette de la cuisine. Je fais bien attention à ne pas abîmer ma coiffure au passage. Je me regarde dans la glace. J'ai dix ans de plus. Le chignon est haut, les boucles comme agrafées par un bout, le reste vole. C'est du grand art.

Ça te plaît ?

Il me tend la petite glace pour que je voie derrière aussi.

Impressionnant.

Maintenant c'est fini, il prend la laque de notre mère, vaporise longuement, pas sur les yeux.

Ça y est. Je suis prête.

Tout l'après-midi, je vais guetter mon reflet dans les rétroviseurs, les vitrines, au hasard de la promenade dominicale. Quand on sera attablé pour déguster nos glaces, au café, un rituel, j'irai aux toilettes comme si j'avais envie de faire pipi, mais ce sera juste pour regarder encore et encore cet échafaudage et ma tête en dessous. Je me dirai sûrement quelques mots devant la glace. Puis je remonterai, la nuque raide.

Je ne sais pas si j'aime mon image.

Moi, je rêve en dedans de cheveux longs, lâchés. Libres.

Aujourd' hui

Aujourd'hui tu ne m'emmènes pas au monument aux morts. On est parti plus tôt que d'habitude pour notre promenade père-fille. C'est un jour sans école et j'ai déjà fait tout mon travail de classe.

Aujourd'hui tu parles bien plus. Tu me parles. Tu me demandes des détails sur ce que j'apprends. J'aime ça. Je te parle. On se parle.

Mais on ne prend pas le même chemin que d'habitude. On va vers le port. Peut-être le bassin à flots et la gare, c'est une de nos promenades aussi. Parfois on revient par la passerelle qui bouge quand on appuie un peu fort les pieds. J'aime bien. Ça fait un peu peur. Juste un peu. Les mâts des bateaux sont si près qu'on pourrait les toucher. On est obligé de passer un par un.

Mais non, tu prends à droite tout de suite au bout de notre rue, et puis à gauche.

On est derrière le port. Rien à faire là.

Tu continues à me parler. Loquace aujourd'hui. Tu dis : "On va passer faire un petit tour là, on s'arrête juste un moment."

C'est un vieil immeuble. Une rue pas terrible. Le genre de rues où on ne va jamais se promener, qu'on évite plutôt, galeuse. Trop sombre. Une rue pas très bien tenue avec des plaques décrépies sur les murs et comme des flaques un peu gluantes qui brillent. On pourrait glisser.

On monte un escalier qui tourne, pas terrible non plus. On s'arrête au premier.

Tu tapes à la porte et on t'ouvre. Qui ?

C'est une très vieille femme maigre. Je n'aime pas ses mains. D'ailleurs elle les cache très vite sous ses bras repliés. Elle ne doit pas les aimer non plus.

Vous parlez.

Il y a deux petites filles qui sortent d'une pièce, qui arrivent. Pâles, elles sont très pâles. C'est parce qu'elles sont nées en Afrique et que ça ne leur a pas réussi. La grand-mère le dit. Les petites, elles ne vont pas bien, elles ont besoin encore de ci, de ça. Comme si ça nous regardait ! Je ne les aime pas, ces petites. Elles ont un air sournois et maladif. Elles ne parlent pas. Pas du tout. Elles ne disent même pas bonjour. Elles ne sont pas polies, c'est tout.

Je tiens toujours ta main.

Mais tu lâches la mienne. Tu cherches quelque chose dans ta poche intérieure de pardessus.

Tu sors ton portefeuille, quelques billets.

La vieille sort ses mains, rapide.

Elle fourre les billets dans une boîte en fer.

Bon, qu'est-ce qu'on fait là ? Et toi, qu'est-ce que tu fais, toi qui hurles ton malheur, ta sueur, à chaque fin de mois difficile ?

J'ai envie qu'on sorte, très vite, et qu'on retourne à l'air, à notre promenade habituelle.

Mais non, on reste encore. La vieille parle tout en préparant le café. C'est ça qui est bizarre, voilà : dans la même pièce, il y a tout. Un divan ouvert, avec des draps, mais ce n'est pas une chambre. Une table au milieu et puis juste derrière, la cuisine, avec toutes les choses de cuisine mais ce n'est pas une vraie cuisine. La vieille est partie là-bas. Les petites vont sur le lit. C'est leur lit, on dirait, pourtant ce n'est pas une chambre. Elles sortent d'en dessous des poupées, une chacune, et elles se mettent à s'en occuper.

Personne ne nous a dit de nous asseoir.

Du temps passe.

Et puis la porte d'où sont venues les petites tout à l'heure s'ouvre de nouveau.

Et une femme apparaît. En peignoir à motifs roses et mauves. Elle a une cigarette dans un petit porte-cigarettes, du rouge à lèvres. Elle est belle.

Elle dit : "Je suis épuisée, je n'en peux plus, excusez-moi."

Elle s'approche de nous, fait le geste de se recoiffer d'une main mais c'est pas la peine, elle est très très bien coiffée, les cheveux noirs luisants remontés en chignon. Ses yeux sont verts verts verts.

Elle dit : "Ah ! c'est la petite ?"

Elle me connaît ?

Tu lui serres la main.

La vieille apporte le café sur un plateau dont on ne distingue plus la décoration, marron. Les deux filles marmonnent avec leurs poupées. Tu me dis d'un ton très doux : "Va jouer avec, va !"

Alors là ! A l'intérieur de moi, ça tempête. Merci bien ! Moi, j'ai pas envie de jouer avec les geignardes et leurs poupées. J'm'en fous d'ici ! J'veux qu'on parte et tout de suite ! J'veux plus savoir que tu as donné de l'argent alors que tu hurles parce que maman n'arrive pas à boucler le mois ! J'veux oublier ce lieu pour toujours. Je ne l'aime pas.

Tu répètes doucement mais fermement : "Va, va, ne sois pas timide !"

Je ne suis pas timide. Je suis écœurée !

Tu t'es levé. La femme en peignoir dit qu'elle souffre. Elle montre sa poitrine, son cœur ? Tous malades, ici ! Elle a les yeux entourés de vert et des cils verts aussi. Elle a même du vernis sur les ongles de pieds. Elle porte des petites mules et elle a la peau bronzée.

Tu la suis.

Dans la pièce là-bas.

Tu m'as laissée.

La vieille tournicote autour des tasses de café. Elle me fait peur. J'ai peur de rester dans cette pièce avec les deux petites qui me regardent par en dessous.

Je suis assise au bord de leur lit. J'ai toujours mon manteau. J'ai envie d'ouvrir la porte très vite et de redescendre l'escalier, de ne jamais être montée ici. Jamais.

Je ne les connais pas.

Combien de temps vous êtes restés dans l'autre pièce ? On n'entend rien. Pas un bruit. Rien du tout.

Les deux petites chantonnent. Elles me jettent des coups d'œil. On ne joue pas ensemble. Elles me montrent leurs poupées. J'm'en fous.

Je me lève et je prends ta tasse. Je ne sais pas pourquoi. Tu ne l'as même pas bu, ton café. C'est pas maman qui te l'a servi. Elle a pas mis ton demi-sucre et le petit baiser, comme d'habitude.

Je bois tout d'un trait. C'est dégueulasse, amer.

Le pull de mon père

Il te faut de la violence, périodiquement, pour exister. Tu n'y peux rien. C'est comme ça. Ça éclate. On ne peut pas deviner quand ça aura lieu. Ni pourquoi.

Un jour, tu as déchiré le pull que tu portais sur toi, par le milieu.

Tes deux mains qui attrapent la laine, qui ne lâchent plus.

Tu tires, tu tires. Comme une peau qui étouffe, qu'il faut absolument arracher.

Les mailles craquent et tes deux mains continuent à tirer le pull. Le pull éclate. Le pull en lambeaux.

Ton visage en lambeaux, éclaté lui aussi, sous la peau, dessous, à l'intérieur.

Un visage que je ne reconnais pas.

Tant de souffrance.

J'ai huit ans je crois. Je suis assise à la table de la cuisine. C'est le goûter.

Toi, tu es debout contre la table.

Ma tante M. est là. La sœur de ma mère. Sa poitrine énorme qui halète.

Elle dit : "Voyons, arrêtez, ne vous mettez pas dans cet état."

Et puis tout bas : "Il est fou."

Les coups

Ils ne pleuvent pas, les coups, ils rentrent dans le corps. J'ai vu.

Je sais ce que c'est qu'une main repliée, les os des phalanges changés en cailloux.

La main ne cherche pas. Elle tape, comme tirée par un ressort. C'est régulier. Il n'y a pas d'hésitation. La main tape.

Quand elle rencontre un creux dans la chair, elle s'enfonce. Ça dure à peine plus longtemps. Le temps de creuser l'endroit là. Et ça recommence.

Mon frère se protège comme il peut quand mon père tape.

Des deux hommes de ma vie de petite, l'un est couché, les coudes repliés sur la tête. Il crie : "Arrête !", sur le ciment du couloir qui mène à notre appartement. Il pleure.

L'autre est fou. Il a été boxeur il y a longtemps, bien avant nous. Il tape comme un professionnel mais il n'y a pas de match, c'est gagné d'avance contre l'adolescent frêle monté en graine, qui ne riposte pas.

Et tes seuls spectateurs, c'est des spectatrices.

Le spectacle est obligatoire.

Le rituel

C'est l'heure du coucher dans la vaste chambre que je partage avec ma sœur A.

Allongée dans mon lit, contre le mur, je sais que le tien est vide, contre l'autre mur, dans l'alcôve.

Tu es devant la cheminée et ce n'est pas Noël.

Tu fixes la statuette blanchâtre et bleue de la Vierge ramenée de Lourdes par notre mère.

Ton corps qui se plie, genoux cassés, la main droite effectuant son premier périple consciencieux front-poitrine-gauche-droite.

Trois pas en arrière.

Je ne veux plus te voir recommencer de trois pas en trois pas jusqu'à ton lit, contre l'autre mur.

Je veux arrêter ce fléchissement, cette pliure, cette maigreur comme exténuée du corps penché, relevé, repenché.

"Alors, tu as fini ?"

Ton regard affolé me noie dans les draps.

"Ah ! Tu as parlé ! Maintenant, il faut que je recommence tout."

T'empêcher encore.
Parler de plus en plus fort.
T'arrêter trois fois.

Tu renonces.
Plus un mot.
Gagné !
Tu éteins.
Tu es morte.

Prières

Mes parents, je ne vous ai jamais vu prier. Pourtant Dieu était présent dans cette maison. Double.

C'est depuis qu'on avait traversé la mer que vous nous en parliez.

Moi, c'est dans mon lit, une fois tout le monde couché, que j'y pensais.

Attendre tout le silence et commencer.

Les mots de sa prière à lui d'abord. L'ambre et le roux. Continuer de ne pas savoir le sens de ces mots qu'il m'a appris, mystérieux. Envoûtée à entendre monter dans ma gorge le soleil rauque, la chaleur.

Mes pieds nus frottent, toujours au même endroit, pour sentir un picotement, les réchauffer un peu.

Et la peur de ne pas prononcer comme il faut… on ne sait jamais… l'index levé, redire trois fois la litanie sourdement. Trois fois approcher le dieu de l'autre côté de la mer, sans image jamais. Terrifiée et passionnée par l'absence partout de son image.

Le voile de ma petite grand-mère qui me revient, toute ridée, odorante, ma bouche contre son voile, contre sa joue, le voile au bord, épice musc, odorante. Ma peau trop claire brunie à la sienne, tout contre, si douce.

Trois fois dire les mots, le palais chatouillé.

Mais le sommeil, pas encore. S'endormir dans le délice chaud, il ne faut pas.

D'abord les draps doivent recouvrir l'oreille, complètement. Ne plus rien entendre. Même pas la respiration de ma sœur A. dans le lit à côté.

Refuser de s'endormir encore.

Laisser arriver la famille, le tableau vivant Marie Joseph Jésus, la crèche, leurs images dans la lumière sans ombre. L'âne et le bœuf. Où le balancement des bêtes silencieuses du sable ? Où leur regard perdu ? Leurs pas voilés ?

Donner leur dû aux autres aussi.

Laisser venir, à la cadence du sang qui bat dans mes oreilles.

Lui donner son dû, à elle aussi, qui me demande si timidement : "Tu fais ta prière, le soir ?" Pouvoir dire oui sans avoir à sourire en plus pour le pardon du mensonge. Il le faut.

Leur parler leur langue. Je vous salue Marie pleine de Grâce.

Marie entourée de voiles bleus, de sourires compatissants. Le fruit de ses entrailles est béni. La grenade la nèfle la figue fraîche pas séchée ratatinée dans le papier.

Sentir mon ventre chaud mais les jambes jointes sans espace, serrées, et pourtant le creux, le découvert, le froid qui se glisse.

Rester immobile jusqu'à la fin de sa prière à elle aussi. Il le faut.

Tenter de se sentir portée dans les bras de Marie, haut portée au-dessus au-dessus au chaud.

Je peux enfin dormir, toute ma famille protégée par les paroles dites jusqu'au bout. J'ai froid.

La poêle

Ça chuinte ça frissonne ça frémit.

Le bruit occupe toute la cuisine. De minuscules
bulles brûlantes qui se rassemblent au milieu de la
poêle. De temps en temps, ça pète. Une bulle qui
crève, des ampoules minuscules qui jaillissent,
éclatent au-dessus du feu.

Je suis juste à bonne hauteur.

L'huile bout.

Le bruit grésille. La poêle est toute noire, même
le manche. Elle est large. Maman s'en sert souvent.
L'huile, au fond, se ramasse en cratères dorés.

Ma sœur A. s'est avancée.

Juste sous mes yeux, à plat, au fond de la poêle,
d'un seul coup, les doigts bien écartés, elle a appli-
qué sa main.

Le bruit continue, plus fort.

Ma révolte

Ma révolte, elle se manifeste par deux choses. Deux choses et elles disent tout. Tout ce que je retiens ; tout ce qui me dégoûte. Deux choses. Mon bastion. Je ne cède pas. On peut tout essayer contre. Rien à faire.

Dès que la peau fine, membraneuse, commence à rider la surface du café au lait, je le sais, je ne le boirai pas. Je guette, petits coups d'œil, elle se forme par plaques. Ça frise la surface, ça fait déjà la sensation des plis dans ma bouche, de la membrane qui colle. J'ai des haut-le-cœur. Je reste plantée devant. Plus ça refroidit, plus il y en a.

Un jour, excédée, tu m'as obligée à boire. Tu en avais assez de ces simagrées devant mon bol.

Allez, bois ! Les poings sur tes hanches, si fort que ça fait bomber ton ventre sous le tablier.

J'ai bu d'un coup. Tout. Liquide membrane goût, tout.

D'un seul jet j'ai tout vomi sur la table de la cuisine.

Tu t'en es souvenue.

Pour le beurre, tu ruses. Tu cherches à me tromper. Tu dis : "Ça ressemble à du beurre mais c'est pas du beurre… enfin… pas du vrai beurre…" Enfin, j'ai qu'à goûter, quoi !

Mais rien à faire. Je ne t'écoute même pas. Tes paroles dans mes oreilles, j'm'en fous.

Je prends le ravier. Je l'approche de mon nez. Tu peux causer, ce que je sens, je le sens, et ça, ça ne me trompe pas. L'odeur un peu fade mais crémeuse, grasse et un tout petit peu salée… Inutile ! Tu ne m'auras pas ! C'est du beurre, tout ce qu'il y a de plus beurre !

Je me raidis.

Je réclame ma margarine. Ça te met dans des rages folles. De la margarine ! Alors qu'il y a du bon beurre – tu l'avoues enfin – et que pendant la guerre on en aurait fait, hein, pour y avoir droit ! Mais voilà, je suis difficile !

Oui, c'est le mot que tu emploies.

Je suis difficile !

N'empêche que mes deux caprices, mes deux seuls, ont fini par faire loi. On préfère en rire. On me les passe.

Ça vaut mieux pour tout le monde.

C'est la fête

Dans les sacs en papier marron, il y a des bosses, des creux. Tu en portes au moins trois ou quatre dans tes deux bras, le sourire en coin, tes yeux noirs adoucis par quelque chose que je ne connais pas. Tu reviens de l'épicerie fine de la rue du Temple.

Tu as dû discuter avec l'épicier, avec la mère de l'épicier, une grosse femme plaintive arrimée à sa chaise au fond de la boutique, elle, tout le monde l'oublie, mais pas toi.

Toi, dehors tu n'es plus le même. Dehors, tu parles en souriant tout le temps. Dehors, tu es aimable et sûr de toi. Dehors, tu es un autre. On envie ma mère.

Tu n'as pas fait les mêmes courses qu'elle, toi, tu n'achètes pas les poivrons et les pommes de terre.

Non, toi tu as choisi les dattes encore collantes mais pas écrasées, bien pleines sur leurs branches. Tu as acheté les noix, les grenades et les figues. Les grenades, tu vas les ouvrir, et nous les enfants, on va grappiller les bouts ronds de chair rosée qui font éclater le jus dans la bouche. J'enlève bien tous les restes de petite peau jaune un peu amère. Je ne veux garder que le sucré.

Les figues, elles n'ont pas le vrai goût des autres, celles d'avant, et les nèfles, elles n'ont pas l'odeur. Une odeur qui me manque, que je ne retrouve plus depuis qu'on vit ici, une odeur fraîche et très douce à la fois : l'odeur des nèfles.

Quand tu déballes tout à la cuisine, que c'est toi qui prends en main les choses ménagères, ça veut dire : c'est la fête.

Il n'y a aucune raison, c'est comme ça.

Ce soir, le dîner sera gai. On va attendre la fin pour casser les noix dans les portes parce que deux casse-noix pour six, ça fait quatre qui s'impatientent. Et quelqu'un, toi ou mon frère, me fera forcément les dattes fourrées aux noix.

Maman, inoccupée, ne sait plus comment être. Alors elle fait le gros bourdon autour de la table.

Bien sûr, elle va râler un peu loin de tes oreilles sur l'argent qui part "comme ça" alors que la fin du mois est encore loin, mais elle se régalera comme nous tous ce soir et c'est le plaisir qui l'emportera.

Peut-être même qu'elle te coincera dans un coin pour t'embrasser en te serrant très fort d'un seul coup et en poussant de drôles de petits cris de gorge qui tiennent de la souris et de l'Indien à la fois.

Alors moi je sentirai cette bouffée chaude, joyeuse qui m'envahit parfois, me rend légère, fait de moi un oiseau que personne ne voit mais qui chante.

Mon frère me délaisse

J'ai huit ans et tu en as dix-sept, c'est si grave que ça ?

Je le vois bien que tu te forces, que tu n'as plus envie de jouer avec moi. T'es trop grand.

Il n'y a plus que les dimanches où tu me coiffes encore, où tu me transformes en petite femme de magazine. Ça t'amuse.

A qui tu penses quand tu joues avec mes cheveux ?

Je t'ai vu.
Je vous ai vus.

Parfois encore on prend les épées dans ta chambre. Papa continue de bien vouloir croire qu'on met les bouchons au bout. "Elles sont dangereuses. Ce sont des vraies ! Faites attention !"

On ne met jamais les bouchons.

C'est toi qui les as trouvées, avec le sabre, dans le grenier. Quand on est arrivé ici, le grenier, c'était la seule pièce qui t'intéressait. Avant qu'on le vide de toutes les choses poussiéreuses et dangereuses.

Avant qu'on ferme les souterrains. Avant qu'on rende cette maison "habitable", et nous "conformes".

Mais tu as réussi à garder les épées.

Nous nous battons en duel. Comme de vrais chevaliers. A. a trop peur pour se battre avec toi. Moi j'y crois tellement fort qu'un jour, emportée par mon élan, je t'ai enfoncé la pointe juste au-dessus de l'œil gauche. Elle était rouillée. Tu es descendu tout de suite te désinfecter. Je te suivais, muette de peur. Un acte pour toute la vie. Quand on est tombé sur Papa, tu as menti. Tu m'as protégée. Il a fait semblant d'y croire à ton bricolage maladroit, a insisté pour que maman vérifie le nettoyage du petit point rouge.

Tu me regardais en souriant.

Nous avons continué.

Sans les bouchons.

Maintenant, tu sors dès que tu peux, tout seul.

Quand tu m'emmenais, on se racontait des histoires. On faisait des filatures. On était des espions.

Moi, à force, je ne savais plus si c'était vrai ou pas.

Tu m'embarquais.

J'aimais ça.

Maintenant tu te rases, tu te brosses les cheveux, tu mets une veste. Tu sors tout seul.

J'ai huit ans et je vous ai vus.

Elle n'est pas tellement plus haute que moi, tu sais. Elle triche, avec ses talons aiguilles. Ça lui fait de moches mollets, tu vois pas ? La cheville osseuse. Le visage pointu. Elle est toute en nez. En plus, elle s'appelle Claudine. Je le sais. Je t'ai entendu la nommer. Tu parles d'elle à la grande, maintenant, le soir, quand on va se coucher, dans l'escalier. Vous avez des secrets. Avant, avec elle, tu n'en avais jamais.

Moi, je rentrais des courses.

Contre un pilier des arcades, près de chez nous, sous mes yeux, tu l'as embrassée.

Ton dos.

Tu ne m'as même pas vue.

Le faux journal

J'ai un faux journal. Je suis devenue une menteuse ?

Un beau cahier avec en couverture une danseuse balinaise, les yeux peints, les mains papillons. J'ai enlevé les pages écrites, soigneusement. C'était un ancien cahier de classe. Histoire ? Géo ? Peu importe. Maintenant, c'est mon journal.

J'écris sur la page de garde :
"Toi qui ouvres ce cahier
Referme-le sans le regarder
Il ne t'appartient pas."

J'écris bien, avec de belles lettres. Je n'en crois pas un mot. Personne dans cette maison ne le refermera sans le lire. Surtout pas celui qui veut tout savoir de tout ce qui se passe. Refermer le cahier ! Tu parles ! Ce serait bien, un monde où ça se passerait comme ça ! Ce n'est pas le mien. J'imagine qu'il y en a.

Mais je ne suis pas bête. Ce que j'écris sur ces pages est mesuré. Le cahier peut tomber entre n'importe quelles mains de la maison. Je ne me laisse jamais aller.

Les pensées philosophiques, oui ! Les commentaires de faits divers, tant qu'on veut !

Ma révolte, ma souffrance, jamais !

Je dis tout mais je maquille. Jamais à nu !

Pour réussir à tout dire, je me sers de tout. Les tempêtes, les grandes marées, les rafales de vent qui cassent les arbres, ça me va. J'arrive à me délester. J'écris. Moi je me comprends quand je relis. Personne d'autre ne peut savoir.

Oui, c'est moi, les tempêtes, les grandes marées, les rafales de vent.

La lumière éclatante un instant qui m'a soulevée, a porté mon cœur tout en haut, c'est moi.

Je suis dans ces pages mais il faut savoir m'y trouver. L'écriture me sert. Je suis écriture. Bien malin celui qui pourra trier.

J'utilise la vie quotidienne. Notre voisin d'en face est mort. Jour d'enterrement. C'est de lui que je parle. De ma tristesse de sa mort et de mes regrets de ne pas avoir fait plus attention à lui de son vivant. Mais le gris noir du ciel, je m'en délecte. Je peux laisser sortir mes ténèbres. Elles trouvent place sagement derrière la description de ce ciel d'hiver mortuaire. Ce ciel-là, c'est moi. Et moi seule le sais.

Quand je relis, ça me fait du bien.

Je l'ai caché. Comme on cache tous les journaux intimes. Normal.

Je l'ai caché mollement. Une ceinture élastique trop petite que j'ai coupée, punaisée sous ma table de travail.

Je le glisse là-dessous sur le côté droit, à portée de main.

Un jour, on a fait des travaux dans notre chambre. Mon père, en soulevant la table, l'a trouvé.

Quand il me le redonne, il a l'air gêné, si triste. Il dit qu'il ne savait pas que perdre Moussy m'avait fait autant de peine, que s'il avait su…

S'il avait su quoi ?

S'il savait tout ce qu'il y a derrière !

Il me regarde. D'un seul coup, il a les larmes aux yeux.

Ça me fait du bien.

Mon père a la langue fourchue

Dans cette famille, les langues glissent et, moi, j'ai du mal à suivre.

Mon père, quelquefois, écorche les mots en français et nous, on rit.

Il dit qu'il est sur des "échardons ardents" et entre l'écharde, le chardon et le charbon, on ne sait plus ce qui le pique. Qu'importe ! On rit ! Nous, les enfants, on rit. Mais jamais devant lui.

Dans les magasins, quand ma mère trouve que c'est trop cher, elle lui parle en arabe. Il fait celui qui ne comprend pas. C'est sa langue à lui, pourtant ! Elle, ça la rend folle. Elle finit par hausser les épaules, elle se détourne.

A nous, il nous répète qu'il faut être fiers de nos origines !

Le comble : il a réussi à s'attaquer à son nom de jeune fille. Trop italien à son goût ! Là, elle s'est carrément rebiffée : on ne touche pas à son nom. Mais si : il a fait changer la fin. Le *guzzo* est devenu *guiso* plus français, "moins rital, quoi !" bougonne-t-elle.

Et elle ajoute : "Le sien de nom, si on le chan-geait, hein ? Eh ben, il en mourrait."

Creuser-enfouir-perdre

Depuis qu'on est arrivé dans cette ville atlantique, on va à la plage.

Pour moi, la plage, c'est creuser.

Un jour, c'est pour un briquet, un petit briquet carré que j'ai trouvé, qui tient bien dans ma main.

Je l'enfouis profond, là où le sable a fini d'être sec. Creuser dans le mouillé, les grains qui s'encastrent sous les ongles, je ne sais pas si j'aime ça mais je le fais.

Je creuse, j'enfouis.

Et puis peu à peu le sable remis rebouche le trou. C'est bien. Et du sable sec par-dessus. Jusqu'à ce qu'on ne voie plus le lieu où j'ai enfoui.

Moi seule, je repère.

Et puis je joue à oublier le lieu.

Et d'un coup me le redonner : là, c'est sûr, je le sais, si je creuse, je retrouve le briquet.

Mais je ne le fais pas. Je tente l'oubli encore plus fort. C'est un drôle de jeu.

Je vais à la mer.

Les bras le long du corps, les mains qui sentent le dur de l'eau contre elles. J'avance et puis je m'arrête.

Immobile, je laisse les vagues faire. Lapent les cuisses, repartent. Le froid qui pique avant qu'elles reviennent me claquer la peau. Je compte. Dix fois. Et puis je retourne au sable. Je passe, rapide, les galets, en équilibre, les flaques. La mer descend. Le soir. Bientôt nous allons rentrer.

Ma mère est assise au milieu de nos affaires, sur sa serviette. La plage, elle n'aime pas. Elle lit *Intimité* ou *Nous Deux* tout en tricotant encore pour cet hiver des pulls qui me feront des boules sous les bras. Elle n'est pas douée.

Parfois elle lève les yeux sur ces femmes aux corps sveltes et sûrs qui s'ébrouent, bronzent, nagent, ont l'air heureux. Intimidée.

Elle les envie.

J'envie leurs enfants.

Nous, où qu'on aille, on a toujours l'air de rétablir le campement. On se protège. On n'étale pas les matelas pneumatiques, les transats, les nattes. On s'assoit sur des serviettes éponge de toilette, maladroitement. On ne sait pas prendre nos aises.

Dans nos corps resserrés par des générations de l'exil répété, nous savons le peu d'espace qu'on nous laisse. Encore en prenons-nous moins. Habitués à nous faire oublier. Nous ne savons pas vivre comme les autres. Toujours trop ou trop peu.

Nous ne sommes libres que de partir. C'est dans l'âme.

Je me suis mise à l'écart.

Je ne me sèche même pas. Je vais directement au sable creuser, à mon endroit, retrouver mon objet.

Je creuse, je creuse.
Je ne retrouve pas.
C'était là ? Ou là ?
Je creuse je creuse je ne retrouve pas.

Au bout des marches qui mènent à la Pergola, le bar où nous n'allons jamais nous rafraîchir, les chaises de bois vert-blanc, toutes mangées par le vent et la pluie, sont pliées, tenues ensemble par une longue chaîne.

Nous allons partir. Je suis arrachée. Je n'ai rien dit mais je sais que je ne le retrouverai jamais, mon briquet.

Sans parasol, nous n'en avons pas, notre petit groupe quitte la plage derrière maman.

Je n'ai pas pris le temps de me changer. J'ai creusé jusqu'au bout. Du sable dans le maillot de bain qui crisse contre la peau. Je l'enlèverai à la maison. Maman le rincera. Ça fera des traînées blanches, le sel.

Je porte mes sandalettes à la main et je les tape contre les marches. Le sable en poudre glisse en petit tas.

Un dernier regard en arrière. Peut-être… Si jamais, un miracle… l'endroit qui me ferait signe…

Nous rentrons.

Juste un coup d'œil encore.

La plage s'assombrit.

Entre la digue et la jetée, à quelques centimètres du sol, il y a mon objet.

Je l'ai perdu. C'est ma faute.

Un jour du mois de février, sous la pluie, on a creusé, on a enfoui.

Mais je ne peux plus perdre l'endroit.

Le nom de mon père est gravé sur la plaque.

DU MÊME AUTEUR

Romans, nouvelles, récits

Ça t'apprendra à vivre, Le Seuil, 1998 ; Denoël, 2003.

Les Demeurées, Denoël, 2000 (prix Unicef 2001, Prix du livre francophone 2008 Lituanie) ; Folio n° 3676.

Un jour mes princes sont venus, Denoël, 2001.

Les Mains libres, Denoël, 2004 ; Folio n° 4306.

Les Reliques, Denoël, 2005 ; Babel n° 1049.

Passagers, la tour bleue d'Étouvie, Le Bec en l'air, 2006.

Présent ?, Denoël, 2006 ; Folio n° 4728.

Laver les ombres, Actes Sud, 2008 (prix du livre en Poitou-Charentes) ; Babel n° 1021.

Les Insurrections singulières, Actes Sud, 2011 (prix littéraire des Rotary Clubs de langue française, prix Paroles d'encre, prix littéraire de Valognes, Prix du roman d'entreprise, prix du Scribe et prix des Mouettes) ; Babel n° 1152.

Profanes, Actes Sud, 2013 (Grand prix RTL-Lire, prix Participe présent 2015) ; Babel n° 1249.

Otages intimes, Actes Sud, 2015 (prix *Version Femina*, prix Libraires en Seine) ; Babel n° 1460.

L'Enfant qui, Actes Sud, 2017.

Jeunesse

Parmi lesquels :

Samira des Quatre-Routes, Flammarion Castor-Poche, 1992 (grand prix des jeunes lecteurs PEEP 1993).

Le Ramadan de la parole, Actes Sud Junior, 2007.

Une histoire de peau, Hachette Jeunesse, 1997 ; Thierry Magnier, 2012.

Vivre c'est risquer, Intégrale (comprend quatre ouvrages parus aux éditions Thierry Magnier : *Quitte ta mère*, 1998 ; *Si même les arbres meurent*, 2000, prix du livre jeunesse Brive 2001 ; *La Boutique jaune*, 2002, prix Leclerc du roman jeunesse 2003 ; *Une heure une vie*, 2004), Thierry Magnier, 2013.
Pas assez pour faire une femme, Thierry Magnier, 2013 ; Babel n° 1328.
Valentine-remède, Thierry Magnier, 2015.

Albums
Le Petit Être (illus. Nathalie Novi), Thierry Magnier, 2002.
Prince de naissance, attentif de nature (illus. Katy Couprie), Thierry Magnier, 2004.

Essai
Et si la joie était là ?, La Martinière, 2001.

Textes poétiques
Naissance de l'oubli, Guy Chambelland, 1989.
Comme on respire, Thierry Magnier, 2003 ; nouvelle édition, 2011.
Notre nom est une île, Bruno Doucey, 2011.
Il y a un fleuve, Bruno Doucey, 2012.
De bronze et de souffle, nos cœurs, avec des gravures de Rémi Polack, Bruno Doucey, 2014.

Théâtre
Marthe et Marie, chorégraphie Carol Vanni. Création Théâtre du Merlan, Marseille, 2000.

L'exil n'a pas d'ombre, mise en scène Jean-Claude Gal. Création Théâtre du Petit Vélo, Clermont-Ferrand, 2006. *Je vis sous l'œil du chien* suivi de *L'Homme de longue peine*, Actes Sud-Papiers, 2013. Création Théâtre du Bocage, Bressuire, 2015.

BABEL

Extrait du catalogue

Ouvrage réalisé
par l'Atelier graphique Actes Sud.
Achevé d'imprimer
en février 2017
par Normandie Roto Impression s.a.s.
61250 Lonrai
sur papier fabriqué à partir de bois provenant
de forêts gérées durablement (www.fsc.org)
pour le compte
des éditions Actes Sud
Le Méjan
Place Nina-Berberova
13200 Arles.

Dépôt légal
1re édition : avril 2012
N° impr. : 1700811
(Imprimé en France)